김
대리가
죽었대

김 대리가 죽었대

지은이 서경희
펴낸이 임상진
펴낸곳 (주)넥서스

초판 1쇄 발행 2023년 7월 10일
초판 3쇄 발행 2023년 7월 20일

출판신고 1992년 4월 3일 제311-2002-2호
10880 경기도 파주시 지목로 5 (신촌동)
Tel (02)330-5500 Fax (02)330-5555

ISBN 979-11-6683-610-7 03810

www.nexusbook.com
&(앤드)는 (주)넥서스의 문학 브랜드입니다.

김 대리가 죽었대

서경희 장편소설

&

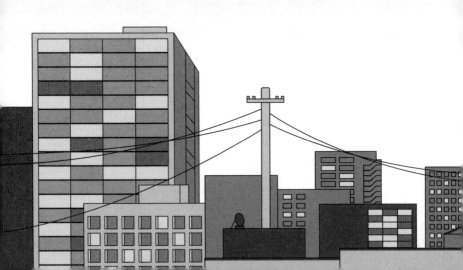

시끄러운 하루의 시작

김 대리가 죽었대!

오병수가 카톡을 확인하며 사무실로 들어왔다. 추석 연휴를 보
내고 오랜만에 출근하는 날이었다. 김 대리가 죽다니, 말 같지도
않은 메시지였다. 그가 걸을 때마다 바지에서 물이 뚝뚝 떨어졌
다. 조금 전까지 어디 물속에 들어갔다 나온 사람 같았다. 오병수
는 여느 월요일보다 더욱 피곤을 느꼈다. 턱관절에서 소리가 날
만큼 늘어지게 하품이 나왔다.

"연휴 잘들 보내셨습니까?"

오병수가 인사를 건네며 들어섰지만 인기척이 없었다. 사무실
에 아무도 없다는 걸 깨닫고는 계면쩍어하면서 손을 내렸다. 사무
실은 좀도둑이 훑고 지나간 듯했다. 커피가 쏟아진 책상, 속옷을
반쯤 입고 쓰러져 있는 마네킹, 모델 프로필 사진이 사방에 흩어
져 있었다. 오병수는 급하게 없어진 게 있는지 살펴보았다. 가장

먼저 샘플로 제작한 남성 식스 팩 보정 속옷을 담아 놓은 상자를 찾았다. 상자는 그대로였다. 컴퓨터와 각종 기기도 그대로였다. 아직까지 사라진 물건은 없는 듯했다. 경쟁 업체가 꾸민 짓은 아니었다. 오병수는 구두를 벗어 한쪽에 세워 두고 바지를 걷어붙였다. 흠뻑 젖은 양말을 벗어 햇살이 들이치는 창가에 널었다.

오병수는 창밖을 내다보았다. 반대편 건물 외벽에 설치된 대형 태극기가 눈에 들어왔다. 자신도 모르게 왼쪽 가슴에 손을 올렸다가 화들짝 놀라서 내려놓았다. 태극기만 보면 자동으로 나오는 본능에 가까운 행위였다. 오병수는 초등학교 때 외웠던 국기에 대한 맹세를 읊어 보았다.

"나는 자랑스러운 태극기 앞에 조국과 민족의 무궁한 영광을 위하여 몸과 마음을 바쳐⋯⋯."

오병수는 입을 다물었다. 진저리가 났다. 치매에 걸려 친구, 가족마저 잊은 후에도 국기에 대한 맹세를 외우고 있을 자신을 생각하니 한숨이 절로 나왔다. 역시 교육이 중요해. 대형 태극기 아래에서 집회가 한창이었다. 광화문 전체가 물바다로 변했다. 몇 년 전, 집중 호우 때가 떠올랐다. 그때도 광화문 일대가 지금처럼 물에 잠겼었다. 물대포가 뿜어내는 물줄기 사이를 햇살이 투과하면서 무지개가 생겼다. 오병수는 무지개가 아름다워 창문을 열고 밖을 내다보았다.

"여러분은 지금 불법으로 도로를 점거하고 있습니다. 즉각 해산하시기 바랍니다. 불법 시위로 선량한 시민들이 피해를 보고 있습니다. 즉각 자진 해산……."

릴레이 집회가 열흘 넘게 이어져 오고 있었다. 분위기가 심상치 않다는 소식이 SNS는 물론이고 해외 언론에서도 흘러나오기 시작했다. 집회 소음보다 확성기 소음이 더 신경을 긁었다. 오병수는 조용히 창문을 닫았다. 핸드폰에서 카톡, 소리가 반복적으로 들려왔다.

김 대리가 죽었대!

같은 메시지가 계속해서 왔다. 무슨 말도 안 되는 헛소문이 계속 도는지 모르겠다. 김 대리라면 사내에서 건강으로는 다섯 손가락 안에 드는 사람이었다. 오병수는 핸드폰을 책상 위에 던져 놓고 서랍을 뒤졌다. 올봄 단합 대회 때 입었던 체육복이 구겨진 채로 들어 있었다. 지저분했지만 젖은 바지를 계속 입고 있을 수도 없는 노릇이었다. 오병수는 체육복을 챙겨 밖으로 나갔다.

노란색 장화를 신고 노란색 우산을 든 이희진이 사무실로 들어왔다. 핸드폰을 쥔 오른손이 심하게 떨렸다. 이희진은 뿌예지는 눈을 손으로 비볐다. 다시 카톡을 확인했다.

김 대리가 죽었대!

잘못 본 것이 아니었다. 이희진은 미니 주방으로 꾸며 놓은 탕비실로 달려가 커튼을 확 젖혔다. 이 시간대면 늘 원두커피를 내리고 샌드위치를 만들던 김 대리가 오늘은 그곳에 없었다. 핸드폰 단축 번호 1을 눌렀다. 전화를 받을 수 없어 소리샘으로 넘어간다는 기계음이 흘러나왔다. 김 대리가 죽었다는 게 정말인가 보다. 후드득, 눈물이 떨어졌다. 이희진은 책상에 앉아 머리를 양팔로 감싸 안고 소리 나지 않게 울었다.

눈에 엷게 핏발이 선 강지훈이 서류 가방을 책상 위에 팽개치며 소리쳤다.

"김 대리님이 죽었다는 게 무슨 소립니까?"

체육복으로 갈아입고 사무실로 들어오던 오병수가 촐싹대며 말했다.

"출근하기 싫어서 죽었대요."

강지훈은 광화문 전체가 물바다가 되었는데도 언제나 그랬듯 멀끔했다. 24시간 내내 피마자기름을 바른 생쥐처럼 번드르르한 강지훈이 오병수는 마음에 들지 않았다.

"지금 장난하십니까? 사람이 죽었습니다."

강지훈이 머리카락을 움켜잡고 흔들었다. 앞머리를 넘기느라 과하게 바른 왁스 때문에 강지훈의 머리는 사자 갈기처럼 변했다. 오병수는 자신의 머리카락이 뽑히는 듯한 아픔을 느꼈다. 이래서 자해 공갈이 무서운 거구나, 새삼 느꼈다. 강지훈은 화를 삼키느라 천천히 심호흡했다. 목이 답답한지 넥타이를 잡아 풀었다.

"김 대리님이 죽었다고요."

강지훈은 광기에 휩싸인 연산군 같았다. 당장 저년들의 목을 베지 않고 뭣들 하느냐, 라고 포효하는 것 같았다. '저년'에 해당하는 사람은 다름 아닌 오병수였다. 놀람과 당황, 슬픔과 분노가 적절히 녹아든 명배우의 물오른 연기를 보는 것 같았다. 강지훈은 광기에 휩싸인 왕을 완벽하게 연기했다. 연말의 연기 대상이나 영화제의 주연상을 노려 볼 만했다. 아역 배우 출신이라더니 빈말은 아닌 듯했다.

"뭐야? 농담한 걸 가지고……."

오병수는 짧은 목을 더욱 움츠리며 말했다. 위험을 느끼고 머리를 등딱지 속에 숨기는 자라와 비슷했다. 턱과 입이 옷에 가려 보이지 않았고, 순간적으로 쇄골이 사라지면서 얼굴이 그 속으로 들어간 것처럼 보였다.

"그게 무슨 말씀입니까?"

한풀 꺾인 목소리였다.

"당근 농담이죠. 김 대리처럼 건강한 사람이 하루아침에 죽었다는 게 말이 안 되잖아요. 김 대리 허벅지 못 봤어요? 타고난 건강체질에 철인3종 경기를 완주하는 녀석이라고요."

오병수는 강지훈의 눈을 피하며 말끝을 흐렸다. 오병수는 연산군 옆을 지키고 있는 늙은 내시처럼 불알이 졸아들었다. 괜히 농담해서는. 가벼운 입이 문제였다.

"그런 건가요? 그런데 김 대리님은 어디 있어요?"

인상이 풀린 강지훈이 멋쩍게 물었다.

"아직 출근 전인 거 같은데?"

강지훈의 인상이 다시 어두워졌다. 김 대리가 늦는 것은 지금껏한 번도 본 적이 없었다.

"헛소문일 거예요, 분명히."

강지훈의 뒤에 서 있던 이희진이 말했다. 오병수와 강지훈은 책꽂이 위에 올려놓았던 유리병이 갑자기 떨어졌을 때처럼 놀랐다. 두 사람은 자신도 모르게 뒷걸음질 쳤다. 인기척을 전혀 느끼지못했기 때문이었다.

이희진 때문에 놀라는 직원이 한둘이 아니었다. 이희진은 말수가 적은 데다 존재감이 없었다. 팀원들은 가끔 이희진이 있다는 걸 깜빡 잊기도 했다. 말하자면 이런 식이다. 차를 타고 외곽으로 회식을 하러 갔다가 화장실에 간 이희진을 버려두고 자신들만 돌아온 적도 있었다. 더 놀라운 사실은 끝까지 이희진을 두고 왔다는 사실을 알지 못했다는 것이다.

이희진의 미약한 존재감이 드러나는 일들 중 한두 가지만 얘기하면 이렇다. 이희진, 강지훈, 오병수가 함께 야근한 날이었다. 강지훈이 일곱 시쯤 회사 앞 일식집에서 초밥을 포장해 왔다. 세 사람은 같이 초밥을 먹고 일을 계속했다. 열한 시를 십 분 남겨 두고 강지훈과 오병수는 지하철을 타려고 사무실에서 나왔다. 두 사람의 머릿속에서 이희진은 완전히 사라진 뒤였다. 초밥을 먹은 뒤로 이희진과 말 한마디 나누지 않았던 것이다. 강지훈은 사무실을 나오면서 불까지 꺼 버렸다. 이희진은 급하게 가방을 챙겨 그들을 따라 나왔다. 엘리베이터 문이 닫히기 직전 이희진의 손이 엘리베이터의 좁은 틈으로 들어왔다. 오병수와 강지훈은 귀신인 줄 알고 깜짝 놀라 주저앉았다. 그런가 하면 단골 식당에서 주인아저씨가 이희진의 밥값을 제하고 받은 일도 있었다. 그 외에도 의외의 공간에서 튀어나오는 이희진으로 인해 놀라는 사람이 속출했다.

강지훈이 이희진에게 물었다.

"언제 왔어요?"

"아까요."

"근데 왜 도둑고양이처럼 기척이 없어요. 놀랐잖아요."

오병수가 가슴을 쓸어내리며 원망스럽다는 듯 이희진을 올려다봤다. 이희진이 물었다.

"김 대리님이 죽었다는 카톡을 받았는데 아니죠, 오 대리님?"

오병수는 혼란스러웠다. 오늘 아침 출근할 때 엘리베이터 안에서 장난으로 김 대리가 죽었다고 말했다. 그건 어디까지나 농담이었다. 입사 동기가 자꾸만 김 대리를 소개해 달라기에 "너 만나기 싫어서 죽었대."라고 말했다. 김 대리가 워낙 호감형이라 여기저기 소개해 달라는 사람이 많아 여간 피곤한 게 아니었다. 동기도 농담인 걸 알 텐데, 일이 어쩌다 이 지경까지 왔는지 알 수 없는 노릇이었다. 엘리베이터에는 그들 말고도 여러 명의 직원이 있었다. 거기서 말이 새어 나간 것이 분명했다. 오병수는 어디서부터 일을 수습해야 할지 알 수 없었다. 오병수는 그냥 모르는 척하기로 했다. 누군가 찾아와 소문의 진위를 물을지도 모르지만 그건 그때 가서 생각할 일이었다. 어차피 웃자고 한 농담 아닌가.

오병수가 말했다.

"희진 씨, 김 대리한테 전화해 봐요."

"계속 꺼져 있어요."

오병수는 괜히 간이 졸았다. 오병수와 이희진은 불길한 예감에 휩싸였다. 강지훈은 자리에 가만히 앉아 있지 못하고 밖으로 나갔다. 오병수는 냉수를 들이켰다.

　입술이 하얗게 튼 황미나가 지친 모습으로 사무실에 들어왔다.

　"황 대리, 왜 그래요? 어디 아파요?"

　오병수가 황미나의 팔을 부축했다. 황미나는 맥없이 자리에 쓰러지듯 앉았다.

　"물 좀 줘요."

　황미나가 낮게 말했다. 오병수는 급하게 정수기에서 찬물과 더운물을 섞어 받았다.

　"빨리요!"

　황미나가 날카롭게 외쳤다. 오병수는 미지근한 물을 황미나에게 건넸다. 황미나는 단숨에 물을 마셨다.

　"왜 그래요. 정말 어디 아픈 거예요?"

　"냉수로 한 잔 더요."

　"몸도 찬 사람이 무슨 냉수야. 미지근한 물 마셔요."

　황미나가 오병수를 빤히 쳐다봤다. 심기가 나쁘다는 뜻이었다. 닥치고 내 말 들어, 이런 뜻이기도 했다. 오병수는 말 잘 듣는 학생처럼 몸을 돌렸다. 정수기 쪽으로 걸어가던 오병수가 물었다.

　"김 대리 얘기 들었어요?"

　황미나의 볼이 흥분으로 발그레 물들었다. 빨리 자신이 아는 사실을 알려야겠다.

"오 대리님도 김 대리 죽은 거 알아요?"

쓱, 이희진이 황미나 옆으로 다가왔다.

"김 대리님이 죽다니 무슨 말이에요?"

"깜짝이야. 희진 씨, 소리 좀 내고 다니라고 내가 몇 번을 말해요."

황미나가 인상을 썼다. 오병수와 이희진이 황미나 옆에 바짝 다가섰다.

황미나는 출근 시간보다 무려 삼십 분이나 일찍 사무실에 도착했다. 상습적으로 지각을 하던 황미나로서는 파격적인 일이었다. 황미나는 연휴 내내 비둘기 둥지에 머무는 뻐꾸기였다. 아흔을 앞둔 할머니가 시골에서 올라왔다. 큰집이나 갈 것이지 막내아들 집에 왜 자꾸 오는지 모르겠다. 지옥문이 열렸다. 회사 일로 바빠서 못 봤던 웹툰과 웹소설을 연휴에 실컷 볼 생각이었는데 다 텄다. 할머니는 언제 연애하고 결혼할 거냐고 사람을 들볶았다. 잔소리가 끝이 없었다.

연애가 도대체 무엇이란 말인가. 먹는 것인가, 입는 것인가. 스마트폰만 열면 모든 로망을 실현해 주는 멋진 남자 주인공들이 잔뜩 있는데 귀찮게 왜 연애를 하고 결혼을 할까. 잔소리 때문에 만화에서처럼 황미나의 눈알이 뱅뱅 돌 지경이었다. 이건 연휴가 아니었다. 당장 출근하고 싶던 적이 한두 번이 아니었다. 황미나는 갑자기 눈물이 나올 만큼 결혼하고 싶어졌다. 할머니의 잔소리를 듣지 않을 수 있다면, 바보 온달이라도 좋으니 당장 결혼하고 싶었다. 결혼 상대로 오병수는 어떨까? 황미나의 말이라면 달걀에서 돌고래가 나온다고 해도 믿어 주고, 온갖 짜증과 심술과 투정을 묵묵히 받아 주는 것이, 결혼하면 마음고생은 하지 않을 것 같았다. 하지만 키가 너무 작았다. 오병수하고는 침대에 누울 때만 눈을 맞출 수 있을 것이다. 잠옷 바지에 폭 싸여 있는 오병수를 찾아서 아침마다 침대를 뒤질지도 몰랐다. 오병수를 닮아 팔다리가 무처럼 짧고 머리는 호박처럼 큰 아기가 태어날 수도 있었다. 황미나는 경기하듯 고개를 흔들었다.

'안 돼!'

당장 로맨스 웹소설 속 완벽한 남자 친구를 만나고 싶었다. 핸드폰을 집으려는 찰나 사무실 전화벨이 울렸다. 그녀는 헛기침으로 목을 가다듬은 후, 밝은 목소리로 전화를 받았다. 순식간에 직장인 모드로 돌아왔다.

"네, 홍보 팀 황미나 대리입니다."

상대는 심한 목감기에 걸린 듯한 중년 남자였다. 황미나는 수화기를 급하게 귀에서 떼어 냈다. 수화기 너머에서 귀청을 찢을 것만 같은 쇳소리가 들려왔다. 남자는 무슨 말인가 하려 했지만, 말은 입 속에서만 맴돌며 좀처럼 밖으로 나오지 않았다. 쇳소리가 계속해서 황미나의 귀를 자극했다. 황미나는 순간적으로 화가 치밀었다. 하지만 화를 참으며 말했다.

"천천히 말씀하세요."

"김 대리가 출근을 못 할 것 같아서요……. 죽었습니다."

그뿐이었다. 전화가 끊겼다. 가슴이 '쿵' 하고 내려앉았다. 황미나는 엉거주춤한 자세로 수화기를 잡고 있었다. 얼마나 시간이 흘렀을까, 피가 통하지 않아 하반신이 저렸다. 찌릿찌릿, 동그란 아픔이 발목에서 종아리를 타고 올라왔다. 황미나는 있는 대로 인상을 쓰고 검지에 침을 찍어 콧등에 발랐다. 종아리의 아픔이 옅어질수록 머릿속은 맑아졌다. 천천히 수화기를 내려놓았다.

얼마의 시간이 지났을까. 황미나는 사무실을 찬찬히 둘러봤다. 생전의 김 대리가 떠올랐다. 밝은 얼굴로 성실히 일하던 모습이 눈에 선했다. 죽지 않았으면 지금쯤 팀원을 위해 향 좋은 원두커피를 내리고 있었겠지. 눈물이 날 것 같았다. 황미나는 당황했다. 그녀는 누군가를 위해 울어 본 적이 없었다. 급하게 고개를 들었다. 눈물이 흘러 화장이 번질까 봐 얼른 천장을 보았다. 차분히 마음을 가라앉혔다. 시원한 바람을 쐬고 싶었다. 황미나는 천천히 창가로 걸어가 창문을 열었다.

"여러분은 지금 불법으로 도로를 점거하고 있습니다. 즉각 해산

하시기 바랍니다."

황미나는 창문을 쾅 닫았다. 저것들은 잠도 없나. 집회 때문에 물바다로 변한 도로에서 고생한 걸 생각하면 눈에서 캡사이신이 흘러나올 것 같았다. 결국 조금 나오려던 눈물이 바짝 마르고 말았다. 센티멘털한 기분에서 완전히 빠져나왔다. 황미나의 입술이 요들송을 부르듯 경쾌하게 실룩였다.

"김 대리가 죽었어요. 여러분, 홍보 팀의 김 대리가 죽었다고요!"

황미나는 소리치며 사무실을 뛰쳐나갔다. 한 달 넘게 모았던 A급 남성 속옷 모델의 사진이 흩어지는 것도, 캐러멜마키아토가 쏟아지는 것도, 보정 속옷을 반쯤 입은 마네킹이 넘어지는 것조차 알지 못했다.

일찍 출근한 황미나가 김 대리의 부고를 전화로 들은 줄 몰랐던 오병수가 조심스럽게 말했다.

"김 대리가 죽었다는 이상한 소문 돌고 있죠? 그거 내가 농담한 거예요. 걱정할 거 없어요."

"무슨 소리예요? 제가 직접 부고 전화 받았는데요."

황미나는 실내화로 갈아 신은 발을 내보였다. 마놀로 블라닉 구두를 이미 갈아 신었다는 것은 오병수보다 출근이 더 빨랐다는 의미였다. 오병수의 입이 점점 커졌다. 이희진의 눈도 유리구슬처럼 동그래졌다.

"정말이요?"

"정말이야?"

"정말이죠. 내가 거짓말을 왜 하겠어요."

전화벨이 울렸다. 세 사람은 화장실 문이 불시에 열리기라도 한 듯 깜짝 놀랐다. 오병수와 이희진은 석상처럼 그 자리에 굳었다. 황미나가 한심하다는 듯이 둘을 쳐다보다가 수화기를 들었다.

"홍보 팀 황미나 대립니다. 네, 팀장님. 늦으신다고요? 왜요? 네에? 팀장님, 차 버리고 지하철 타세요. 그게 더 빨라요. 그리고 지하상가에서 우비하고 장화 사시고요. 광화문 일대가 물바다예요. 사무실은 걱정하지 마시고 조심해서 오세요."

황미나는 수화기를 내려놓으려다 급하게 다시 들었다. 마음이 급했던 황미나는 수화기를 입에 대기도 전에 "팀장님!"이라고 소리쳤다.

"끊어졌네. 성격도 급하시지, 김 대리 죽었다는 얘기도 못 했는데."

강지훈이 자판기 커피 여러 잔을 들고 황미나에게 다가왔다.

"무슨 말씀이세요? 김 대리님이 죽다니요?"

"지훈 씨, 아직 얘기 못 들었어요? 김 대리 죽었잖아요. 커피야? 마시고 싶었는데 잘됐네. 한 잔 줘요."

강지훈은 오븐 속의 군고구마를 맨손으로 잡다가 떨어트리듯

종이컵을 놓쳤다. 커피가 사방으로 튀었다. 황미나의 발등에도 커피 한 방울이 튀었다.

"앗, 뜨거워. 지훈 씨, 조심 좀 해요. 화상 입었잖아요."

황미나는 오두방정을 떨며 발을 흔들었다. 강지훈은 비명을 지르며 사무실을 뛰어나갔다. 오병수는 어쩔 줄 몰라 하다가 들고 있던 냉수를 황미나의 발등에 쏟아부었다.

"앗, 차가워."

황미나는 발을 감싸 쥔 채 인상을 찌푸렸다.

최민희는 배탈이 나서 지각을 했다. 눈을 뜬 건 평소와 같았는데 신발을 신고 현관문을 열려는 순간, 신호가 왔다. 항문에서부터 정수리까지 묵직한 통증이 타고 올라왔다. 몸이 핸드폰 진동 모드처럼 흔들렸다. 일어나자마자 공복감에 전이며 갈비를 마구 집어 먹은 게 원인이지 싶었다. 입가심으로 살얼음이 동동 뜬 식혜까지 마셨으니. 이상하게 과식한 다음 날은 여지없이 배가 고팠다. 연휴 이후에는 증상이 더 심했다. 위가 늘어났기 때문이 아닐까 생각했다.

"비쩍 말라서 부실해 가지곤."

남편은 한마디 내뱉고 먼저 출근해 버렸다.

최민희는 연휴 내내 시댁에 있었다. 친정에는 안부 전화만 했

다. 친정이 지방에 있다는 이유로 결혼하고 명절에 한 번도 내려
가지 않았다. 이번에도 시댁에서 연휴를 보내고 어젯밤 늦게 집으
로 돌아왔다. 시댁에서 끼니때마다 밥을 한 공기씩 먹었다. 시어
머니는 밥을 많이 먹는 걸 좋아했다. 곰국에 밥 한 공기를 말아 은
수저로 푹푹 떠먹고, 갈비찜이나 산적을 우적우적 씹어 먹는 모습
을 옆에서 지켜보길 좋아했다. 최민희 옆에 앉아 김치를 손가락으
로 찢어 숟가락에 올려놓거나 간장게장의 살을 발라 놓았다.

"먹는 게 부실해서 큰일이야. 몸이 이 모양이니 들어서던 것도
떨어지지……."

시어머니는 거기서 말끝을 흐렸지만, 그다음 말은 짐작 가능한
것이었다. 여태 아기가 생기지 않는 것을 최민희 탓으로 돌리려는
것이다. 최민희가 힘겹게 밥 한 공기를 비우면 시어머니는 또다시
음식을 권했다. 시어머니는 최민희 옆에 바짝 붙어 앉아 그녀의
입으로 뭐가 들어가는지 일일이 확인했다. 평균 체중인 최민희의
먹는 양은 고도 비만인 시어머니의 눈에 한참 부족했다.

"밥도 못 먹냐? 남들처럼 시집살이를 시키는 것도 아니고, 노인
네가 며느리 오면 준다고 종일 음식 장만한 정성을 봐서 맛있게
푹푹 퍼먹으면 안 돼? 있는 대로 인상 쓰고 먹기 싫은데 억지로 먹
는 티를 그렇게 내야겠어?"

시댁에 다녀오는 저녁이면 남편은 최민희를 몰아세웠다. 나중

에는 시어머니가 뚱뚱해서 무시하느냐고 따지고 들었다. 최민희가 아니라고 말하면 그럼 내가 뚱뚱해서 우리 엄마를 무시하는 거냐고 다그쳤다. 최민희는 어젯밤에도 남편에게 잡혀 새벽 내내 고문을 당했다.

최민희는 배를 주무르며 사무실로 발걸음을 옮겼다. 사무실이 가까워지자 군침이 절로 고였다. 연휴 동안 혹사당한 최민희의 위를 위해 김 대리가 소화제와 즉석 북엇국을 준비해 놓았을 것이다.

"즐거운 월요일입니다."

최민희가 어두운 얼굴을 숨기고 밝게 인사했다. 그런데 사무실 분위기가 이상했다. 황미나는 핸드폰을 들고 통화에 열중했고 오병수는 방정맞게 자기 입을 때렸고 이희진은 멍하니 허공만 보고 있었다. 다른 직원은 아직 출근 전인지 자리에 없었다. 릴레이 집회로 광화문 일대 교통이 마비였다. 늦을 만도 했다.

'다른 사람은 몰라도 김 대리가 지각할 리 없는데.'

김 대리는 지금껏 단 한 번도 지각한 적이 없었고 작은 실수조차 용납하지 않는 완벽주의자였다.

"사무실 분위기가 왜 이래? 오 대리, 김 대리는 아직 출근 전이야?"

하지만 곧 사건의 전말을 알게 된 최민희는 그 자리에 주저앉고 말았다. 북엇국은 고사하고, 김 대리가 죽었다니 믿을 수 없었다. 충격으로 헛구역질을 해 댔다. 정신을 차리려 노력해 봐도 소용없었다.

　박종식은 검은색 우비에 검은색 장화를 신었다. 명절에 무슨 일이 있었는지 며칠 사이 한 십 년쯤 늙었다. 붉었던 낯빛은 고동색으로 변했다. 세수하고 보습제를 안 바른 것처럼 잔주름이 얼굴 전체를 덮었다. 게다가 귀밑머리까지 새하얗게 세고 말았다. 사람은 매일 조금씩 늙는 것이 아니다. 수능 전날, 입대 전날, 결혼식 전날같이 특정한 날에 몇 년 치를 한꺼번에 늙었다.

　추석 당일 아침, 제주도 처가에 있는 마누라가 전화를 걸어 왔다. 전세 사기로 아파트 보증금을 하루아침에 전부 잃었다. 아이들과 마누라는 처가로, 박종식은 어머니가 계시는 큰형네로 거처를 옮겼다. 마누라는 다짜고짜 이혼하자고 했다. 놀라서 송편이 잘못 넘어간 박종식은 속눈썹에 눈물이 대롱대롱 매달리도록 심하게 기침을 했다.

　"갑자기 이혼이라니. 왜 내가 이혼을 당해야 해."

　"몰라 묻니, 이 인간아. 상가에 투자해서 돈 날려, 주식에 투자해서 빚져. 빚내서 코인 하다가 다 말아먹어. 그것도 모자라 전세 사기로 집까지 다 날린 주제에 아직도 할 말이 있어?"

　"나도 살아 보려고 그랬어."

　"시끄러워. 됐고. 월급 압류 들어갈 거야. 은행에서 다 뜯어 가기 전에 양육비로 먼저 가져가는 거니까 억울해하지 마."

그러면서 한다는 말이 퇴직하면 퇴직금의 절반도 내놓아야 한단다. 연금도. 법에서 보장한 권리라며 마누라는 목소리를 높였다.

다들 박종식을 비난했다. 투자 중독이라고도 했다. 하지만 그도 나름 할 말이 있다. 늘 돈이 부족하다는 아내에게 생활비를 풍족하게 주고 싶었다. 아이들을 좋은 교육 환경에서 키우고 싶었다. 그래서 나름으로 열심히 일하고 투자했다. 투자 실패 스트레스로 끼니 거르기를 밥 먹듯 하는데 뱃살은 하루가 다르게 늘어 갔다. 게다가 탈모까지 생겼다. 나날이 우울감이 심해졌다. 그는 점점 더 깐깐하고 권위적이고 히스테릭한 남자로 변해 갔다.

우비와 장화 덕분에 물바다가 된 광화문을 가로질러 무사히 출근할 수 있었다. 사무실은 파장 직전의 회식 자리 분위기였다. 신물이 넘어왔다. 그때마다 술 냄새가 코를 찔렀고 몸이 휘청거렸다. 목덜미가 뻐근했다. 박종식은 우비를 벗고 양복에 묻은 물방울을 털어 냈다. 장화를 벗고 실내용 슬리퍼로 갈아 신었다. 하나같이 늘어져 있는 팀원들의 모습에 화가 치밀었다.

"다들 정신 나갔어! 식스 팩 보정 속옷 출시 얼마 안 남았는데, 아직 모델도 못 구했으면서 이렇게 늘어져 있으면 되겠어?"

책상 위에 맨발을 올리고 앉아 있던 오병수는 자세를 바로 했다. 황미나는 핸드폰을 급하게 내려놓더니 마네킹에 속옷을 마저 입혔다. 책상에 엎드려 울고 있던 이희진은 거울을 보며 눈물을 닦았다.

"추석 때 뭐 잘못 먹었어? 사무실 분위기가 왜 이래. 김 대리는 어딨어?"

최민희는 하염없이 창밖만 바라보았다. 도무지 충격에서 헤어날 방법이 떠오르지 않았다.

"최 과장은 인사도 안 해?"

박종식이 짜증스러운 말투로 쏘아붙였다. 최민희는 여전히 미동도 없었다. 오병수가 황미나에게 슬쩍 물었다.

"왜 저래?"

오병수보다 더 작게 황미나가 말했다.

"전들 알아요?"

박종식이 최민희를 노려보았다. 곧 무슨 일이 벌어질 것 같았다. 김 대리가 없으니 황미나가 나섰다.

"최 과장님."

황미나가 최민희의 어깨를 흔들었다. 최민희는 유체 이탈이라도 했던 사람처럼 갑자기 정신이 돌아왔다. 최민희는 자신 앞에 장승처럼 서 있는 박종식을 보고 머뭇거렸다.

"최 과장은 내가 물에 빠진 생쥐 꼴로 나타났으면 했지?"

"……."

"내가 아주 물대포에 맞아서 죽었으면 했지?"

"팀장님, 무슨 말씀을 그렇게 하세요."

박종식은 참을 수 없다는 표정이었다. 최민희는 고개를 숙이고 박종식이 쏟아 낼 잔소리를 기다리고 있었다. 황미나가 박종식의 눈치를 살피며 입을 열었다.

"팀장님, 김 대리 소식 아직 못 들으셨죠?"

박종식이 무슨 말이냐는 듯이 황미나를 쳐다보았다.

"놀라지 마세요. 김 대리 죽었대요."

"뭔 소리야, 김 대리가 죽다니. 황 대리, 사람이 할 말이 있고 못할 말이 있지. 말조심해."

오병수가 나섰다.

"김 대리 부고 전화를 황 대리가 직접 받았대요."

"뭐야?"

박종식의 무릎이 꺾였다. 김 대리는 팀 내에서 가장 믿고 총애하던 직원이었다. 그런 김 대리가 죽다니 도저히 믿을 수 없었다. 김 대리의 소식은 마누라의 이혼 선언보다 더 충격적이었다. 박종식은 김 대리와 저녁때 술이라도 한잔하면서 마누라 문제를 의논하려 했다. 이젠 부질없는 일이 되고 말았다. 무엇보다 식스 팩 보정 속옷 홍보 문제는 어쩐단 말인가. 실질적으로 홍보 팀 일의 50%를 하던 김 대리가 죽었으니 그야말로 큰일이 아닐 수 없었다.

"김 대리가 죽다니. 나의 소중한 김 대리가."

박종식은 일주일 굶은 늙은 하이에나처럼 힘없이 김 대리를 부르며 팀장실로 들어갔다.

완벽한 직원

김 대리의 사망 소식을 듣고 기절한 직원은 다섯 명이었다. 그 중에서 일흔을 목전에 둔 이사급 임원과 심장이 좋지 않았던 청소 아줌마가 구급차에 실려 갔다. 너무 울어 성대에 무리가 간 십여 명의 직원들은 쇳소리를 내며 다녔고, 충격으로 집중력을 잃은 직원들은 커피에 데거나 칼에 베이거나 의자에 걸려 넘어졌다. 직원들이 우왕좌왕하면서 건물 전체가 흔들렸다. 진도 3.5 이상의 지진과 유사한 흔들림이었다.

사장의 이웃의 먼 친척인 경비과장은 김 대리의 소식을 듣고 급성 치매가 왔다. 경비과장은 건물 곳곳을 돌아다니며 영역을 표시하는 동물처럼 소변을 봤다. 사람이 있든 없든 신경 쓰지 않고 엉덩이를 까고 코너마다 찔끔찔끔 소변을 묻혔다. 바지를 내리고 올리는 것이 불편했던지 바지와 속옷까지 벗고 돌아다니다가 직원들의 신고로 구급차에 실려 병원으로 이송되었다. 직원들의 비명과 청소 아줌마들의 곡소리가 합해져 묘한 하모니를 만들었다. 그

소리 때문에 건물 외벽에 금이 가고 하수도가 역류하고 스프링클러가 오작동하기도 했다. 준공한 지 삼 년 된 새 건물이 재건축을 기다리는 노후 아파트가 된 것 같았다.

직원들은 휴게실에 삼삼오오 모여 김 대리의 죽음을 이야기했다. 자판기 앞에서 커피를 뽑다 울먹이는 직원도 있었다. "왜 울어?" 하고 누군가 물어 오면 "김 대리, 불쌍해서 어떡하니."라며 목이 잠겼다. 김 대리 말만 나와도 눈물을 흘리는 직원이 여럿이었다.

청소하는 아줌마들은 청소를 거부했고 청소반장의 명령에 불복종했다. 깊은 슬픔에 잠긴 청소반장 또한 손에 든 것이 수건인지 걸레인지 확인하지 않고 눈물을 닦았다. 경비과장이 공석이 되자 경비들은 로비를 비우고 휴게실에 모였다. 붉게 충혈된 눈으로 멀거니 천장을 바라보는 경비, 다짜고짜 소주병을 비틀어 따는 경비, 바닥을 주먹으로 치고 김 대리를 부르며 소리쳐 우는 경비, 담요를 깔고 화투를 섞는 경비와 전화로 휴무인 경비에게 김 대리의 부고를 전하는 경비도 있었다. 임원들은 눈물을 머금고 골프 약속을 취소했고, 집에 전화를 걸어 한 달 동안 쇼핑을 금지시키기도 했다.

웃음이 사라진 사무실은 이글루처럼 차가웠다. 투자 포트폴리

오는 누구랑 짜지, 상견례 장소 물색은 누구한테 맡기고, 연애 상담은 누구랑 해, 라며 김 대리의 죽음이 자기 삶에 미칠 파장에 대해서 걱정하는 직원도 여럿 있었다. 하지만 대다수 직원은 김 대리의 죽음을 진심으로 슬퍼했다.

김 대리와 부동산 독서 모임을 같이하며 친하게 지내던 한 직원은 경기하듯이 온몸을 뒤틀며 소리쳤다.

"무슨 소리야! 김 대리, 주말에 나랑 임장 같이 가기로 했단 말이야. 연말에 결혼하려면 집도 구해야 하는데, 나한테 말도 없이 죽어 버리면 어떡해!"

직원의 눈빛이 이글거렸다.

"김 대리 살려 내. 빨리 살려 내라고."

다른 직원을 잡고 늘어지며 있는 대로 억지를 부렸다.

"정신 차려. 이제 김 대리는 없어. 혼자 살 궁리 해."

그 순간, 직원의 얼굴이 슬픔으로 기괴하게 일그러졌다. 아침까지만 해도 팽팽하던 눈가에 세 발 주름이 깊게 생겼다.

키 185cm, 몸무게 89kg이었던 김 대리는 사내에서 몸이 좋기로 유명했다. 운동을 좋아해 다양한 운동을 섭렵했는데 취미로만 하기에는 재능이 아까웠다. 새로운 운동이 나오면 바로 배울 만큼 열정이 대단했다. 그리고 금세 전문가 못지않게 잘하게 되었다.

김 대리는 매일 한 시간씩 일찍 출근해 직원들에게 운동을 가르쳤다. 처음에는 사내에서 가장 비만이던 직원 한 명만 가르쳤다. 그런데 150kg이 넘던 거구의 직원이 70kg을 감량하고 피트니스 대회에 나가 1등을 하게 되면서, 경도 비만이거나 날씬한 몸을 원하는 정상 체중의 직원들까지 몰려들었다. 오전 일곱 시만 되면 사내 스포츠센터는 북적댔다. 시간이 지날수록 몸 좋은 직원이 늘어나 김 대리의 PT는 나날이 인기가 좋아졌다.

PT를 받던 직원들도 김 대리의 소식에 충격을 받았다. 스트레스를 받으면 매콤하고 기름진 음식이 생각나는 법이었다. 당장 당기는 음식을 먹을 수 없자, 몇몇은 서랍에 숨겨 두었던 초콜릿 간식을 꺼내 먹었다. 독하게 끊었던 담배가 생각난 직원은 볼펜을 물고 버텼다. 로비 카페에 배달 주문이 치솟았다. 아메리카노, 카페라테가 아닌 김 대리가 다이어트의 적으로 간주한 민트크림초코, 연유라테, 캐러멜마키아토 등 달콤한 음료의 주문이 대다수였다. 스트레스가 살찌는 데 가장 큰 적이라는 김 대리의 말이 사실이라는 게 증명되는 순간이었다. 직원들의 살찌는 소리가 사내 곳곳에서 들렸다.

직원들은 미용실을 다녀온 다음 날 김 대리를 찾곤 했다. 새 헤어스타일이 어울리는지 묻기 위해서였다. 연인이나 친구, 가족은 예쁘다고만 말했다. 심지어 전혀 어울리지 않거나 당장 손질이 필요한 지경에 이르러도, 당사자의 기분을 생각해서인지 아니면 자신과는 상관없는 일이라서 그런 것인지는 몰라도 무조건 예쁘다고 말했다. 하지만 김 대리는 달랐다. 김 대리의 눈은 언제나 적확했다. 실눈을 뜨고 고개를 좌우로 삐딱하게 돌리면 별로라는 뜻이었다. 입을 꾹 다물고 코를 찡긋거리며 느리고 크게 고개를 끄덕이면 그냥 괜찮다는 뜻. 환하게 웃으며 엄지를 치켜세우면 잘 어울린다는 뜻이었다.

전혀 어울리지 않을뿐더러 잦은 시술로 빗자루처럼 상한 머릿결을 들이밀면 "내 눈앞에서 당장 폭탄 머리 치우세요."라고 과격하게 말했다. 김 대리에게 잔소리를 듣는다 해도 좋았다. 당장 미용실에서 커트해야 한다고 해도 개의치 않았다. 김 대리는 모든 문제성 머리의 해결 방법을 알고 있었다. 누구에게 어떤 머리가 어울리는지 한 번에 짚어 냈다.

긴 생머리가 어울리는 사람과 처피 뱅이 어울리는 사람은 따로 있다. 리프 커트 후 다운 파마를 해야 하는 사람이 있는가 하면 댄디 커트만으로 스타일이 충분히 사는 사람도 있는 법이다. 시스루 뱅에 쇼트커트를 매치한 언밸런스 스타일, 카키 그레이 염색모에 발롱 파마를 접목하는 식의 김 대리가 만든 '프랑켄슈타인 스타일'은 직원들 사이에서 최고의 인기를 누렸다. 게다가 김 대리는 머리 손질을 쉽고 간편하게 하는 법도 알고 있었다. 헤어 디자이너가 가르쳐 줘도 집에 오면 모두 잊고 백지장이 되어 버리는 그런 방법이 아니었다. 마지막 헹굼 물에 쌍화탕 한 병을 넣는다거나, 머리를 육 등분으로 나눠 땋아 놓고 잔 뒤 다음 날 일어나서 푼다거나, 앞머리에 물풀을 바르는 등 실생활에서 쉽게 따라 할 수 있는 것들이었다. 손재주가 젬병이어도, 건망증이 중증이어도, 돈이 없어도 가능했다.

김 대리의 활약상은 미용에만 국한되지 않았다. 엘리베이터가 고장 났을 때 수리 방법, 일주일 경과 후 마트에서 물건 반품하는 방법 같은 실생활에 꼭 필요한 것을 알려 주기도 했다. 점심 메뉴의 선택이나 간식 먹기 사다리를 그리는 일도 김 대리에게 맡겨졌다. 퇴근 후 데이트가 있는 직원을 스카프 하나로 변신시키고, 칠순 잔치를 하기 좋은 장소를 물색해 주기도 했다. 사람의 마음을 잡는 법과 질리게 하는 법을 알았고 부부 싸움 하고 가출한 배우자를 제 발로 집에 돌아오게 만드는 방법도 알고 있었다. 내신 8등급인 고3을 삼 개월 내에 내신 3등급으로 올리는 방법, 개발될 땅과 재건축이 될 아파트를 꿰고 있었다. 갑질 상사 다루는 법을 가르쳐 주기도 하고 싸가지 없는 부하 직원 군기 잡는 법도 훤히 알았다. 김 대리는 나이, 성별, 직급을 떠나 모든 직원의 좋은 친구였다. 모두의 멘토라고 해도 틀린 말이 아니었다.

직원들은 이구동성으로 "우리 회사 마스코트가 사라졌어. 김 대리를 더 볼 수 없는 건 불행한 일이야."라며 진심으로 김 대리의 죽음을 안타까워했다. 김 대리는 모든 사람에게 사랑받고 있었다. 청소 아줌마부터 경비 아저씨, 카페 아르바이트생까지 모두에게 사랑받는 건 불가능한 일이었지만, 불가능을 가능하게 만드는 사람이 바로 김 대리였다.

세상에 없는 주방

"회의하면서 커피 한잔 마셨으면 좋겠는데."

박종식이 혼잣말인 듯 직원들 들으라고 말했다. 슬픔과 노여움과 속 쓰림이 뒤섞인 이상한 목소리였다.

"금방 준비하겠습니다, 팀장님."

황미나는 명랑하게 대답한 다음 사무실을 훑어보았다. 강지훈은 회의 자료를 복사하고 있었고, 오병수는 커피를 내릴 줄 몰랐다. 남은 건 이희진뿐이었다. 황미나가 이희진을 빤히 쳐다봤다. 황미나의 눈빛이 얼마나 강렬했던지 이희진은 햇볕에 그을린 것처럼 얼굴이 따끔거렸다. 황미나가 초강력 레이저를 있는 대로 쏘는데도 불구하고 이희진은 미동도 없었다. 황미나는 이희진이 보통이 아니라고 생각했다. 결국 황미나는 눈에서 힘을 빼고 말했다.

"희진 씨, 커피 준비해야죠."

"제가요?"

이희진이 작은 소리로 말했다. 지금이 도대체 어느 시댄데 커피 심부름이란 말인가. 가만히 생각해 보니 커피는 항상 김 대리가 준비했다. 이희진은 입사 후 단 한 번도 커피 심부름을 하지 않았다. 심지어 본인의 커피도 직접 만들어 마시지 않았다. 여러 개의 눈동자가 오롯이 이희진에게 모였다. 이희진은 긴장했다. 자동으로 목이 어깨를 파고들면서 양어깨가 불쑥 솟아올랐다. 명치를 맞은 것처럼 배가 쏙 들어가고 허리가 둥글게 말렸다. 잔뜩 웅크린 이희진은 '제가 커피를 왜 준비해야 해요?'라고 묻고 싶었지만 아무리 눈치가 없어도 그건 아니라는 생각이 들었다.

"김 대리가 있었더라면 진작 마셨을 텐데."

황미나가 이희진 들으라는 듯이 얄밉게 말했다. 혼잣말을 빙자해서.

"김 대리가 만들어 주는 라테 마시고 싶다."

오병수가 황미나의 혼잣말을 크게 따라 했다. 황미나가 오병수의 말을 받았다.

"오 대리님, 기억나세요? 김 대리가 라테에 하트를 예쁘게 그려 줬었잖아요."

"그랬죠. 어디서 그런 걸 다 배웠나 몰라. 재주꾼이었어요."

"늘 주변을 배려하고 양보하고 앞서서 궂은일 다 했잖아요, 김 대리가."

"맞아요."

황미나와 오병수는 김 대리와의 추억에 속절없이 빠져들었다.

최민희와 박종식의 얼굴에도 검은 그림자가 짙어졌다. 약속이라도 한 듯 고개를 돌려 김 대리가 직접 만든 주방을 바라봤다. 평범한 탕비실이 아니었다. 완벽한 형태를 갖춘 주방이었다.

김 대리는 사무실 한쪽 구석에 싱크대를 설치했다. 책상의 배치를 바꿔 공간을 효율적으로 썼다. 서류 정리를 통해 낡은 철제 캐비닛 두 개를 버렸다. 그렇게 해서 만든 공간과 탕비실을 합한 공간에 싱크대를 설치하고 소형 냉장고를 들여놓았다. 사무실과의 공간 분리와 냄새 차단을 위해 조립식 문을 달았다. 이로써 주방은 온전히 독립된 공간이 되었다. 김 대리는 주방에서 커피를 내리고 샌드위치나 샐러드 같은 간단한 요리를 만들었다.

이희진은 움직일 생각이 없어 보였다. 자신이 무엇을 해야 하는지 몰랐다. 황미나는 기가 막혔다. 마음 좋은 오병수마저 짜증이 나려고 했다. 이희진은 황미나의 눈총을 고스란히 받으면서 자리를 지켰다. 이희진은 직접 지시받지 않은 일은 하지 않았다. 눈치도 없고 감각도 없고 일머리마저 없었다. 식당에서의 예를 들면 이러했다. 김 대리나 다른 직원들이 물컵에 물을 따르고 수저를 놓는 것을 가만히 지켜만 봤다. 황미나가 물을 쏟았을 때도 바로 옆에 앉았음에도 티슈 건넬 생각을 못 했다. 김 대리가 조용히 "희진 씨, 황 대리님께 티슈 건네주세요."라고 말하고 나서야 그렇게 했다.

커피 준비는 황미나의 직접적 지시가 있었지만, 할 엄두가 안 났다. 하기 싫어서가 아니다. 할 줄 모르는데 어떻게 하라는 건지.

참다못한 오병수가 나섰다. 예전 같았으면 김 대리가 했을 일인데. 김 대리의 빈자리가 컸다.

"희진 씨, 나랑 같이 자판기에 가서 커피 뽑아 올래요?"

황미나는 비명을 지르고 싶은 것을 억지로 참았다. 대신 일 때문에 보고 있던 남성 잡지를 마구 찢는 히스테리를 부렸다. 이번에 출시할 식스 팩 보정 속옷 광고를 대대적으로 실을 잡지였다. 오병수는 황미나를 보며 진저리를 쳤다. 히스테리를 부리는 황미나를 보고 식겁한 이희진은 지갑을 열어 동전을 확인했다. 육백 원이 있었다. 이희진이 오병수에게 다가갔다.

"동전 있으세요?"

오병수가 이백 원을 건네주었다. 자판기 커피 한 잔은 삼백 원이었다. 강지훈과 최민희는 양해를 구하면 될 테고, 박종식, 황미나, 오병수, 세 사람 커피만 해도 구백 원이 있어야 했다.

"오 대리님, 백 원이 모자라요."

이희진은 나오지 않는 말을 억지로 했다. 지금 사무실에서 믿을 사람은 오병수밖에 없었다. 김 대리가 있으면 얼마나 좋을까. 이희진은 눈물이 날 것 같았다.

"황 대리, 백 원 있어요? 희진 씨가 커피 뽑는 데 백 원이 모자라대."

"지폐 없어요? 뭐 하러 동전을 모아."

황미나는 속에서 불이 끓었다. 눈가에 잔주름 몇 개가 늘어난 듯싶었다. 김 대리가 있었더라면 이런 사소한 일로 화내는 일은 없었을 것이다. 정리되지 않은 사무실은 어수선했다. 책상에 먼지가 뽀얗게 덮였다. 직원들은 유적지에서 발굴된 토기 인형 같았다. 무표정한 얼굴에 근심이 뽀얗게 쌓인 것이 꼭 그랬다.

'여기가 유물 전시관도 아니고.'

황미나는 헛웃음이 나왔다.

"천 원짜리 없어요?"

오병수가 이희진에게 물었다. 이희진은 "있어요."라고 힘없이 말하더니 밖으로 나갔다. 등 뒤에서 황미나의 커다란 목소리가 들렸다.

"저 답답이 진짜 바보 아냐? 저거, 저거 다시 돌아오지. 커피 석 잔을 쟁반도 없이 어떻게 들고 오냐? 그리고 사람이 여섯인데 왜 세 잔만 사? 과장님이랑 지훈 씨는 뭐 손가락만 빨아?"

들으라고 하는 소리가 분명했다. 이희진은 그제야 쟁반이 생각났지만 사무실로 돌아가지 않았다. 이희진은 고개를 숙이고 급하게 화장실로 달려갔다.

"오 대리님, 이희진 씨가 입사해서 지금까지 한 게 뭐예요? 김 대리 뒤에 숨어서 일도 제대로 안 하고 말이에요. 능력이 안 되면 눈치라도 있든지. 김 대리는 시키지 않아도 다 알아서 했잖아요. 사무실 꼴 좀 봐요. 김 대리가 있었으면 꽃병에 꽃도 꽂아 놨을 거예요. 안 그래요?"

"김 대리 보고 싶다."

오병수가 슬프게 한마디 했다. 최민희는 넋이 나갔는지 사무실의 대화는 귀에 들리지 않는 것 같았다.

쟁반 없이 커피 석 잔을 드느라 이희진은 불안한 자세였다. 종이컵의 열기에 당장에라도 컵에서 손을 떼고 싶었지만 그럴 수 없었다. 황미나의 입에서 '내 이럴 줄 알았지.'라는 말은 절대 듣고 싶지 않았다. 이희진은 박종식 앞에 무사히 종이컵을 내려놓았다. 환호성이라도 지르고 싶었다. 아주 중요한 일을 해낸 기분이었다.

"최 과장, 나 당뇨 있는 거 몰라? 프림이랑 설탕이 잔뜩 들어간 자판기 커피 마시고 죽으라는 거야, 뭐야."

이희진이 뽑아 온 커피를 받아 든 박종식은 벌컥 화를 냈다. 이희진은 안절부절못했다. 오병수는 이희진이 준 커피를 마시다가 사레가 걸려서 캑캑거렸고, 나무처럼 서 있던 최민희는 상황 파악도 못 하고 멍했다. 황미나는 지금 상황이 자신에게 불리하게 돌아갈까 봐 불안했다.

"최 과장, 말해 봐. 말해 보라고. 나한테 이러는 이유가 뭐야?"

커피를 뽑아 온 이희진도 아니고 심부름을 시킨 황미나도 아닌 최민희를 향해 화를 쏟아 내는 박종식의 심리를 아무도 알지 못했다. 혹시 김 대리가 살아 돌아온다면 모를까, 박종식의 짜증을 받아 낼 사람은 사무실 안에 없었다.

황미나는 박종식이 당뇨가 있다는 것을, 그래서 자판기 커피를 절대 마셔서는 안 된다는 것을 잊어버렸다. 김 대리가 입사한 후로 황미나는 그런 사소한 일에 신경을 쓰지 않아도 됐다. 이런 일은 사무실 막내들이 하는 일이었다. 황미나의 소관이 아닌 것이다. 황미나는 세심하지 못한 이희진이 미워 죽을 것 같았다. 이희진은 책상에 고개를 처박고 가만히 있었다. 황미나는 속에서 아주 천불이 일었다. 히스테리가 목을 간질였다. 폭발해 버릴 것만 같았다. 멍하니 서 있던 최민희가 갑자기 정중한 목소리로 물었다.

"팀장님, 물대포 때문에 출근하기 힘드셨죠?"

최민희의 말은 커피 때문에 길길이 날뛰는 박종식에게 뭐 먹으라는 말밖에 안 되는 것이었다. 다들 놀라서 말문이 막혔다. 박종식도 더는 최민희에게 뭐라 하지 않았다. 충격이 큰 모양이었다.

박종식은 최민희를 완전히 무시하기로 한 것 같았다. 최민희가 사무실에 있는 것조차 모르는 사람처럼 행동했다.

"다들 여기 모여."

박종식이 회의용 책상에 앉았다.

"김 대리가 우리 곁을 떠났다니 믿을 수가 없어. 그렇게 밝고 열심히 하는 직원은 내 평생 처음이었는데. 마음이 너무 아파."

박종식은 말을 잇기가 어려운지 한동안 자신의 감정에 빠져 있었다.

"힘내십시오, 팀장님."

최민희의 위로에도 박종식은 대꾸하지 않았다. 박종식과 최민희 사이에는 항상 김 대리가 있었다. 김 대리가 가교 역할을 해 왔기에 두 사람은 큰 충돌 없이 지냈고 사무실도 조용할 수 있었다. 오늘도 김 대리가 있었다면 박종식은 금세 최민희의 잘못을 잊어버렸을 것이다. 아니면 존재를 잊어버렸거나. 김 대리가 없으니 사무실에 냉기가 흘렀다. 박종식은 화로 이글거렸다.

"강지훈 씨는 어디 갔어?"

"회의 자료 준비하다가 부족한 샘플이 있어서 디자인실에 잠시 갔어요."

오병수가 말했다.

"다른 마실 거라도 없어?"

목이 타는지 캑캑거리며 박종식이 말했다. 사무실이 조용했다. 황미나가 이희진 쪽을 힐끔거렸다. 이희진은 그 자리에 그대로 앉아 있었다. 황미나가 열심히 눈짓했지만 이희진은 아무것도 눈치채지 못했다.

"희진 씨, 따라와요."

이희진은 그제야 자리에서 일어나 황미나를 따라갔다. 황미나가 김 대리의 주방으로 들어가려고 하자 이희진이 물었다.

"대리님, 어디 가세요?"

"커피 내리러요."

"원두를 내리시려고요? 할 줄 아세요?"

황미나는 어깨를 가볍게 들어 보였다.

"그래서 희진 씨보고 오라는 거 아니에요."

황미나는 그렇게 말하고 주방으로 들어갔다.

김 대리는 중고 서점에서 『만 원으로 럭셔리한 주방 꾸미기』라는 정가가 만 오천 원인 책을 육천오백 원에 샀다. 대형 문구점에서 오천칠백 원짜리 아크릴 물감 두 통, 천 원짜리 초강력 즉석 접착제, 페인트 롤러와 붓을 사천삼백 원 주고 샀다. 김 대리는 사무실을 정리하면서 나온 철제 캐비닛을 고물상에 갖다주고, 아파트를 철거하면서 나온 건설 폐기물 1t을 받아 왔다. 건설 폐기물에서 싱크대와 주방 벽면에 붙어 있던 타일, 친환경 마룻바닥, 틈새 장, 미니 냉장고를 골라냈다. 사무실을 돌아다니며 못쓰거나 안 쓰는 책상, 의자, 장식장, 조화, 전화기, 슬리퍼, 깨진 소주병 등을 얻었다. 가구는 분해해서 원목만 모았다. 모은 원목으로 서랍장을 만들고 미니 테이블도 만들고 쓰레기통도 만들었다. 다이얼을 돌리는 방식의 오래된 검은 전화기는 분홍색으로 페인트칠을 해서 서랍장 위에 올려놓았다. 먼지가 뽀얗게 쌓인 수국 조화는 깨끗이 씻어 이가 빠진 머그잔에 꽂아 미니 테이블 위에 올렸다. 슬리퍼 밑창을 모아 부엌 바닥에 깔았다. 깨진 소주병을 잘게 부숴 사포로 일일이 문질러 화분 주변을 장식했다.

그렇게 완성된 김 대리의 주방은 이런 모습이었다. 싱크대는 레드와 화이트로 컬러 매치를 하고 꽃무늬가 프린트된 지중해풍 육각 타일을 싱크대 주변에 붙였다. 한쪽 벽면에는 장식장을 설치했다. 장식장 위쪽에 간접 조명을 달고 장식장 안에 커피 잔과 접시, 유리 소재의 그릇과 컵 등을 디스플레이했다. 벽에 반짝이는 할로겐 조명을 설치해 주방이 화사하게 보이도록 했다. 남은 한쪽 벽면에는 커다란 노란색 장미꽃이 프린트된 포인트 패브릭 벽지를 붙였다. 그것들을 모두 건설 폐기물 속에서 찾아냈다. 모델하우스에서나 볼 수 있는 럭셔리한 주방을 꾸미는 데 단돈 만 육천칠백원이 들었다. 하나부터 열까지 전부 김 대리의 작품이었다. 김 대리의 주방은 홍보 팀의 자랑이었다. 타 부서에서 김 대리의 주방을 벤치마킹했지만 성공한 곳은 단 한 곳도 없었다.

인터넷을 통해 김 대리의 주방이 알려지기 시작했다. 여성 잡지에 김 대리의 주방이 실렸다. 김 대리가 드립 커피를 내리거나 샌드위치를 만드는 사진도 실렸다. 김 대리는 신생 결혼정보회사에서 뽑은 '이번 주말에 당장 결혼하고 싶은 신랑감 1위'에 올랐다. 김 대리를 셀프 인테리어 원데이 클래스 강사로 모시고 싶다는 문화센터의 전화가 폭주했다. 김 대리가 모델인 줄 알고 매니지먼트 회사에서 잡지사로 문의가 쇄도했다. 김 대리의 주방을 보고 싶어 하는 사람들이 주말에 회사를 개방하라며 목소리를 높였다. 한 네티즌이 청와대 국민청원에 '김 대리의 주방을 일반인에게 공개해 주십시오'라는 글을 올렸는데, 목표했던 인원의 삼십 배가 넘는 사람이 일주일 만에 서명하는 기염을 토했다. 결국 유튜브에 김 대리의 주방을 공개했다. 김 대리의 주방은 유튜브를 타고 세계로 뻗어 나갔다. 인기에 힘입어 김 대리는 한 출판사와 계약을 맺고 인테리어 책 『김 대리 주방 따라잡기』를 출간하기에 이르렀다.

황미나가 주방에 들어섰다. 감격스러워 눈물이 나올 것 같았다. 모던하면서도 화려하고 한편으로 소박하기도 한, 여러 가지 색깔을 가진 주방이었다.

'김 대리처럼 아름답게 커피를 내려야지. 아니, 김 대리보다 더 잘해야지.'

황미나는 김 대리가 잡지에서 포즈를 잡은 것처럼 싱크대에 오른쪽 팔을 올리고 엉덩이로 싱크대를 살짝 밀며 몸을 꼬았다. 황미나가 자세를 다시 잡으려고 싱크대에 힘을 가하는 순간, 와장창 요란한 소리를 내며 싱크대가 폭삭 주저앉았다. 황미나는 싱크대에 기댄 쪽에만 힘을 주고 있던 터라 균형을 잡지 못하고 같이 넘어졌다. 넘어지면서 부딪친 곳이 너무 아파서 눈물이 날 지경이었다.

이희진이 "싱크대가…… 김 대리님의 싱크대가."라며 작게 말했다.

"뭐라고요? 좀 크게 말해 봐요."

"황 대리님 때문에 김 대리님 싱크대가 다 부서졌다고요. 이제 어쩔 거예요?"

평소 이희진답지 않게 황미나에게 원망을 쏟아 냈다. 눈꼬리를 치켜세우니까 조금 무섭다. 이희진은 황미나는 본 체도 않고 싱크대만 들여다봤다.

"이따위 싱크대가 뭐라고. 희진 씨, 사람 다친 거 안 보여요?"

모서리에 부딪친 팔꿈치를 문지르며 황미나가 일어났다. 얼마나 세게 부딪쳤는지 팔꿈치를 문지르는데 감각이 없었다. 자기 팔꿈치를 본 황미나가 깜짝 놀라 외쳤다.

"피!"

황미나는 어린아이처럼 겁에 질려 이희진에게 마구 따지고 들었다.

"희진 씨가 이렇게 인정머리 없는 사람인 줄 미처 몰랐어요. 지금 피 나는 거 안 보여요?"

"그러는 대리님은 싱크대 부서진 거 안 보이세요?"

이희진이 눈을 동그랗게 뜨고 덤볐다. 황미나는 찔끔했다. 이희진도 화를 내니까 확실히 무섭다. 황미나는 싱크대를 봤고 이희진은 황미나를 봤다. 놀란 두 사람이 동시에 비명을 질렀다.

"으악!"

"황 대리, 왜 그래? 무슨 일 있어요?"

밖에서 오병수가 애가 달아 물었다. 오병수와 최민희, 박종식은 주방이 금단의 공간이라도 되는 듯 들어오지 못하고 밖에서 서성였다.

"누가 다친 거야?"

최민희가 주방 안에 대고 소리쳤다.

"들어가 봐야 하는 거 아니야? 비명도 들리고 크게 다친 거 같은데."

박종식도 걱정이 되었다. 괜히 마실 것을 달라고 했나 후회되었다. 김 대리가 입사하지 않았을 때는 어땠더라? 출근할 때 그날 마실 것을 카페에서 직접 샀었다. 회의 때는 배달을 시켰고. 가끔 직원들이 맥심이라도 타 주면 감사히 마셨다.

오병수는 황미나가 너무 걱정되었다.

"황 대리, 나 들어가요."

"나도 같이 가."

"저도요."

밖에 서 있던 세 사람이 주방으로 들어오려고 했다.

"안 돼요! 들어오지 마세요. 제가 싱크대에 팔을 조금 부딪쳤는데 이젠 괜찮아요. 금방 커피 타서 갈게요."

주방 수건으로 상처를 감싼 후 황미나가 필사적으로 외쳤다.

"진짜 괜찮아요?"

"오 대리님, 괜찮다니까 자꾸 그러시네. 제가 세상에서 제일 맛있는 커피 금방 만들어 갈게요."

"알았어요. 그럼 우리는 앉아 있을게요."

오병수가 대답했고, 최민희와 박종식은 마지못해 자리를 떴다.

이희진은 적잖이 당황했다. 상처가 생각보다 깊었다.

"황 대리님, 살이 찢어졌어요. 당장 병원에 가서 꿰매야 할 것 같아요."

지금 이 마당에 조금 찢어진 게 대수랴. 김 대리의 소중한 싱크대를 망가뜨린 대역죄인이 무슨 염치로 병원을 갈꼬.

찢어진 상처는 연고를 바르면 일주일이면 아문다. 씻을 때 불편하고 쓰라리고 흉터가 조금 남을 수도 있지만, 치료는 가능하다. 하지만 싱크대는 깁스할 수도 없고 꿰맬 수도 없고 수술을 시킬 수도 없다. 세상에 하나뿐인 김 대리의 수제 싱크대를 어쩌면 좋단 말인가.

'찢어진 상처에 보험금은 얼마나 나오지?'

황미나는 뜬금없이 그 생각이 떠올랐다.

'상해보험은 치료비만 나오나? 위로금 같은 건 없고. 업무 중 사고인데 회사에서 나오는 돈은 없을까?'

집에 돈이 없는 것도 아니고, 이런 생각을 하는 자신이 너무 싫었다. 그건 그렇고 김 대리의 하나뿐인 핸드메이드 싱크대는 어떻게 하지?

고민을 해 봤지만 달리 방법이 없었다. 김 대리의 주방을 망가뜨렸다고 이실직고할 수도 없는 노릇. 황미나는 이희진을 설득했다. 김 대리의 싱크대가 부서진 데는 이희진의 잘못도 조금은 있다고 사람을 몰아붙였다. 결국 완벽하게는 안 되겠지만 대충이라도 수리하고, 싱크대가 망가진 것을 은폐하기로 의견을 모았다. 황미나와 이희진은 힘을 모아 싱크대를 대충 맞췄다. 부서진 다리는 전부 떼어 내고 싱크대를 벽에 세운 뒤 무너지지 않도록 책으로 받쳐 두었다. 이희진은 수시로 사무실을 들락거리며 접착제, 풀, 테이프, 가위 같은 걸 들고 왔다. 회의실에 앉은 세 사람은 이희진이 왜 저렇게 들락거리나, 커피는 언제 마실 수 있나, 이런 생각을 하고 있었다. 싱크대는 대충 벽에 붙었다. 바람만 불어도 다시 쓰러질 것처럼 보였다. 그래도 일단 서 있기는 했다.

"이거 절대 비밀이에요. 희진 씨랑 나만 아는 거예요. 알았죠?"

"당연하죠. 절대 아무한테도 말 안 할 거예요."

"희진 씨, 말도 예쁘게 하네요. 맹하고 뚱한 줄로만 알았더니."

두 여자가 마주 보고 웃었다.

"커피 내릴 줄 알아요?"

이희진이 고개를 흔들었다. 황미나는 난감했다. 그녀도 할 줄 몰랐다. 망가진 싱크대도 수리했는데 커피쯤이야. 황미나는 힘을 내 보기로 했다.

"희진 씨, 우선 커피콩이랑 커피 가는 기계랑 잔이랑 이런 거 찾아봐요. 밖에서 의심하겠어요. 커피 한 잔 내리는 데 너무 오래 걸린다고. 만약에 팀장님이 싱크대 이렇게 된 거 아는 날엔 우리 둘 다 죽은 목숨이에요. 알죠?"

황미나는 다시 한번 겁을 주었다. 싱크대를 부순 건 자신이지만 이희진을 계속해서 공범으로 몰고 갔다. 그래야 이희진이 쉽게 입을 놀리지 않을 것 같았다.

　이희진은 싱크대를 비롯해 서랍장까지 모두 뒤진 후에야 슈퍼에서 흔히 볼 수 있는 갈아 놓은 원두를 찾았다. 황미나는 한동안 원두 가루를 쳐다봤다.

　"이거 뭐야? 우리가 지금까지 먹었던 게 이거였어?"

　대단한 원두로 만든 커피를 마시는 줄 알았는데 아니라서 조금 당황스러웠다. 500g 용량의 커피는 얼마 남지 않았다. 입구도 제대로 여미지 않아 향도 다 날아간 것 같았다.

　"이게 맛있는 커피라 김 대리님이 사 두셨나 봐요."

　"확실히 맛은 있었죠. 우리 힘을 합쳐요. 이건 쉽잖아요. 그라인더로 갈 필요도 없고. 더 좋지, 뭐."

　"황 대리님 말씀이 맞아요."

　"거름종이 좀 찾아봐요."

　황미나는 노란 고무줄로 대충 묶어 놓은 커피 봉지를 열었다. 황미나가 입구를 열자마자 흰나비 한 마리가 봉지 속에서 튀어나왔다. 황미나는 놀라서 커피 봉지를 떨어트렸다. 나비는 주방 여기저기를 마구 날아다녔다. 서랍을 뒤지던 이희진도 나비를 발견했다.

　"나비가 어디서 들어왔어요?"

　"커피 봉지에서 나왔어요."

"네? 말도 안 돼요."

"진짜예요. 내가 고무줄을 벗기니까 봉지 안에서 나비가 나왔어요."

"거기서 나비가 어떻게 살아요?"

"그건 나도 모르겠고요, 일단 나비부터 잡아요."

황미나와 이희진이 팔을 걷어붙이고 나비를 잡기 시작했다. 나비는 참새보다 더 빨랐다. 여우보다 더 영악했다. 나비는 개수대에 앉았다가 테이블에 앉았다가 서랍장 위에 앉았다가 천장에 붙었다. 두 사람은 손으로 나비를 잡다가 컵으로 나비를 잡다가 프라이팬으로 나비를 잡다가 식칼로 나비를 잡으려고 했지만, 번번이 놓쳤다. 황미나가 테이블 위로 올라가 포인트 벽지 끝에 앉아 있는 나비를 향해 온몸을 날렸다. 황미나는 두 손을 움켜쥐고 바닥으로 떨어졌다.

"잡았다!"

황미나가 기뻐서 소리쳤다. 이희진도 덩달아 "황 대리님이 최고예요."라며 소리쳤다.

"이제 어떡하죠?"

황미나가 이희진을 보고 물었다.

"글쎄요."

"쓰레기통에 버릴까요?"

"죽었어요?"

"아닐걸요. 힘 안 주고 살살 잡았어요."

이희진이 빈 플라스틱 용기를 내밀었다.

"여기 넣어 놓을까요?"

황미나는 플라스틱 용기에 손을 조심스럽게 넣었다 뺐다. 그러나 플라스틱 용기에는 아무것도 없었다.

"내 나비 어디 갔어요?"

"그걸 지금 저한테 물어보시면 어떡해요. 황 대리님, 나비 잡으신 거 맞아요?"

"분명히 잡았는데."

나비는 부엌 어디에도 없었다. 나비는 느닷없이 나타난 것처럼 순식간에 사라져 버렸다.

황미나와 이희진은 폐허가 된 주방에서 커피를 내리기 시작했다. 종이 상자를 들추자 이가 빠진 커피 잔이 나왔다. 깨진 유리컵을 치우자 각설탕 봉지가 나왔다. 두 사람은 쓰레기 더미에서 고물을 줍는 가난한 나라의 어린 노동자 같았다. 거름종이에 커피가루를 넣던 이희진은 놀라서 넘어졌다. 봉지 안에 하얀 애벌레들이 바글거렸다. 갈색 커피보다 하얀 애벌레가 더 많았다. 좁쌀만큼 작은 애벌레는 모두 살아서 꿈틀거렸다. 황미나와 이희진은 서로 부둥켜안고 떨었다.

"커피 한 잔 만드는 게 뭐가 이렇게 어려워."

천신만고 끝에 만든 커피가 회의실 테이블로 배달되었다. 머그 잔은 손잡이가 떨어졌고 커피 잔은 이가 빠졌으며 종이컵은 찌그러졌다. 이희진은 박종식 앞에 커피 잔을 내려놓으면서 손을 심하게 떨었다.

"고마워, 희진 씨."

"황 대리님이 고생하셨어요."

황미나와 이희진은 애벌레가 들끓는 커피 가루를 버리고 주방을 샅샅이 뒤졌다. 쓰레기통 뒤에서 커피믹스 세 개가 나왔다. 황미나는 커피믹스 세 개로 다섯 잔의 커피를 만들었다. 박종식의 잔에는 커피 알갱이만 골라 담았다. 다른 직원들 커피에는 맛을 위해 다량의 설탕을 넣었다.

"맛이 왜 이래?"

최민희는 마시던 커피를 뱉어 냈다. 박종식이 최민희를 가만히 노려봤다. 최민희는 입을 다물었다.

"맛있어 보이는데요."

오병수가 커피를 벌컥벌컥 마셨다. 커피 반 잔이 순식간에 오병수의 목구멍으로 넘어갔다. 잠시 뒤, 오병수는 오만상을 쓰고 구역질을 해 댔다.

"커피에 무슨 짓을 한 거예요?"

황미나는 입이 툭 튀어나왔다.

"커피 맛이 어떻다고 그래요? 얼마나 고생해서 만든 커피인데요."

황미나는 우그러진 종이컵에 든 커피를 마셨다. 실온에 사흘 방치한 보리차에 설탕을 반 티스푼 넣은 맛이 났다. 이건 커피가 아니라 재앙이었다. 황미나는 필사적으로 입에 있는 커피를 삼키려했다. 자신이 탄 커피를 마시지 않는 건 자신이 낳은 아이를 인정하지 않는 것과 같았다. 두 눈을 질끈 감고 목구멍으로 커피를 밀어 넣었다.

"빨리 치워. 이런 걸 팀장님이 어떻게 마셔. 그냥 내가 앱으로 배달시킬게."

최민희가 커피 잔을 치우려고 하는데 박종식이 먼저 커피 잔을 들었다.

"최 과장이 언제부터 날 그렇게 챙겼어? 그리고 배달을 시킬 거면 직원들 고생하기 전에 진작 시키던가."

사무실 공기가 시베리아처럼 차갑게 얼어붙었다. 누구도 입을 열지 않았다.

"이건 왜 이래?"

박종식은 커피 잔 표면에 튀어나온 비닐을 건드리며 물었다. 손가락으로 건드리자 비닐이 조금씩 벗겨졌다. 박종식이 비닐을 확

잡아당겼다. 찌지직, 소리를 내며 잔을 감싸고 있던 시트지가 벗겨졌다. 문구점에서 한 마에 천오백 원 하는 시트지였다. 직원들은 놀라 입을 다물지 못했다. 황미나가 시트지가 벗겨진 누런 도자기 컵을 들고 말했다.

"이게 한 개에 이십만 원씩 한다는 명품 커피 잔이에요?"

"다이소에서 천 원 하는 컵 같아요."

이희진이 조그맣게 말했다. 황미나는 갑자기 소머즈 귀라도 달았는지 이희진의 말을 금방 알아들었다.

"그죠. 나도 딱 보고 다이소 건 줄 알았어요."

"커피고 뭐고 다 치워."

박종식이 역정을 냈다. 일순간 직원들은 숨을 멈췄다. 무중력 훈련을 받는 우주인처럼 힘들었다. 김 대리 하나 없다고 사무실이 엉망진창이었다. 진심으로 김 대리가 그리웠다.

왜 죽었대?

박종식이 입을 뗐다.

"조의금도 걷고 홍보 팀 이름으로 화환도 보내야 할 거 아냐."

"얼마씩 낼까요?"

오병수가 물었다.

"그건 알아서들 하고. 나는 따로 할 거니까 그렇게 알아."

박종식은 조의금으로 얼마를 해야 할지 고민이었다. 김 대리가 자신에게 했던 걸 생각하면 많이 하고 싶지만 여기저기 대출 이자를 내고 나니 개털이었다. 추석 때 만취해서 형수하고 한바탕 싸운 바람에 형네서도 나와야 하는데 당장 어디로 가야 할지 몰랐다. 김 대리가 살아 있었다면 당분간만이라도 신세를 졌을 텐데. 그나저나 통장 잔액이 얼마나 남았더라. 핸드폰을 집어 들고 은행 앱에 접속하며 직원들한테 물었다.

"김 대리는 어쩌다가 그렇게 된 거야?"

지금까지 사인을 왜 안 물었는지 박종식 자신도 의아했다. 팀원들은 얼음이 된 것처럼 굳었다.

"김 대리 어떻게 죽었냐고?"

박종식이 조금 더 크게 물었다. 오병수가 황미나의 팔을 툭툭
쳤다.

"황 대리가 전화받았잖아요. 어떻게 된 건지 빨리 말씀드려요."

황미나는 정신이 없어서 사인을 물어볼 생각을 미처 못 했다.
머리가 뱅글뱅글 돌아갔다.

"글쎄, 그게…… 죽을 때가 돼서 죽었나?"

"아니, 이게 무슨 소리야. 김 대리 왜 죽었는지 몰라? 최 과장, 이
게 도대체 어떻게 된 일이야!"

박종식이 큰소리를 냈고, 최민희의 심장은 오그라들었다. 과장
이 되고부터 박종식이 조금만 크게 말해도 최민희는 깜짝깜짝 놀
라곤 했다. 박종식이 과장으로 밀던 남자 동기 대신 자신이 과장
타이틀을 딴 뒤부터 출근하는 게 고역이었다. 김 대리가 입사한
후로는 편했다. 김 대리는 박종식의 발작 버튼을 항상 잘 껐다. 김
대리가 없는데 이제 누가 박종식의 발작 버튼을 끌까. 박종식은
최민희가 큰 죄를 지은 것처럼 몰아붙였지만 다들 가만히 있었다.
혼자서 길길이 날뛰던 박종식이 흥분을 조금 가라앉히고 황미나
에게 물었다.

"발인은 언제야?"

"······."

"장례식장은?"

"······."

"당연히 장지도 모르겠구만."

"······."

맙소사. 직원들 모두 한 대 맞은 기분이었다.

"과장이란 사람이 저렇게 정신이 없으니 무슨 일이 되려고."

"팀장님, 전화는 제가 받았는데요."

황미나는 박종식의 입장에서 최민희를 편드는 것처럼 보이지 않으면서도 최민희 입장에서는 내 사람이라고 생각될 수 있도록 신중하고 조심스럽게 말했다.

"황 대리, 지금 최 과장 편드는 거야?"

황미나의 태도는 돌변했다.

"아닙니다. 아니에요. 제가 언제요. 최 과장님, 김 대리 왜 죽었 대요?"

"황 대리, 지금 무슨 소리 해. 전화는 황 대리가 받았잖아."

박종식이 끼어들었다.

"지금 전화 누가 받았나 그 얘기 하는 거야? 최 과장, 논점에서 너무 벗어난 거 아니야? 황 대리가 최 과장 직속 직원 아니야. 나는 최 과장의 직원 관리 능력에 관해 얘기하는 거야. 여기가 어디야.

다른 부서도 아니고 대외적으로 회사의 얼굴인 홍보 팀 아니야. 홍보 팀 대리씩이나 되는 사람이 동료 직원이 죽었다는데 사인도 안 물어봐? 장례식장도 모른다, 발인도 모른다, 장지도 모른다, 왜 죽었는지도 모른다. 회사 나오는 길은 어떻게 알았대, 월급 나오는 날은 또 어떻게 알고? 직원을 보면 윗사람의 능력을 알 수 있어. 우리 김 대리 보면 내가 어떤 사람인지 답 나오지 않아?"

"또 시작이네."

최민희가 조그맣게 중얼거렸다.

"뭐라고? 최 과장, 지금 뭐라고 했어."

"아닙니다, 아무것도. 김 대리가 왜 죽었을까 생각하고 있었습니다."

박종식은 최민희 때문에 김 대리가 죽기라도 한 것처럼 최민희가 미웠다. 마흔이 넘었는데도 여전히 반짝이는 아이디어를 내는 게 질투 났다. 흠잡을 데 없이 잘 쓴 보고서를 올릴 때마다 나를 놀리나 싶었다. 임원들은 박종식의 투박한 프레젠테이션보다 최민희의 섬세한 프레젠테이션을 더 좋아했다. 서울대를 졸업한 것도 수석으로 입사한 것도 마음에 들지 않았다. 그중에서도 몹시 아끼던 후배를 제치고 과장에 오른 것이 제일 싫었다. 그 일로 후배는 이직했고, 지금은 연락도 받지 않았다.

오병수가 눈치를 보더니 슬쩍 말했다.

"교통사고 아닐까요?"

"맞다, 교통사고!"

모든 직원이 외쳤다. 김 대리는 규칙적으로 운동을 했고 주말에는 산행을 즐겼다. 당연히 혈색도 좋았고 웬만해서는 아프지도 않았다. 젊고 건강한 사람이 갑자기 죽는 경우야 교통사고밖에 더 있겠는가.

박종식의 등은 식은땀으로 축축했다. 앞으로는 무단 횡단 하지 말아야지. 과속, 추월 절대 안 하고, 장거리는 대중교통을 이용해야겠다. 술을 한 모금이라도 마시면 대리 기사를 꼭 부르리라. 음주 운전은 곧 죽음이다. 돈도 없는데 이번에 차를 확 팔아 버려. 아니지. 집도 없는데 차까지 없어서야 안 될 일이지. 잠잘 곳이 영 없으면 차에서 자도 되니까. 사고 대비해서 운전자 보험을 추가로 더 들어야 하나 머리를 굴리기도 했다.

박종식의 심기는 몹시 불편했다. 마누라 일부터 시작해서 김 대리까지, 괜히 엄한 데 불똥이 튀었다.

"최 과장, 사무실 꼴이 이게 뭐야. 이런 더러운 환경에서 일이 잘 되겠다, 아주."

박종식은 찬바람을 날리며 사무실을 빠져나갔다. 박종식이 사라지자 사무실 분위기가 조금 풀렸다.

최민희는 자기 책상에 가 앉았다.

"황 대리, 미안한데 사무실 청소 좀 부탁해도 될까?"

"물론이죠, 과장님. 청소 걱정은 하지 마세요."

오병수는 슬며시 자리로 돌아갔다.

"흠흠."

황미나는 이희진을 보며 목청을 가다듬었다. 이희진은 미동도 없었다. 황미나는 입 안이 썼다. 최민희의 말을 듣고도 자리에 꼼짝하지 않고 앉아 있는 이희진이 이해가 안 갔다. 세상이 아무리 변했어도 잡일은 당연히 막내인 이희진이 해야 할 일이었다. 그런데도 모른 척 앉아 있는 꼴이라니, 화가 치밀어 올랐다.

"희진 씨, 과장님 말씀 못 들었어요? 빨리 걸레질해요."

"청소 아줌마가 했을 텐데요."

황미나는 일일이 대꾸하기도 귀찮아졌다. 이럴 때는 오병수가 제격이었다.

"오 대리님."

황미나는 다정하게 오병수를 불렀다. 눈짓으로 이희진을 가리켰다.

"희진 씨, 〈옹달샘〉 노래 알죠? 세수하러 왔다가 물만 먹고 가지요, 말이에요. 청소 아줌마도 똑같아요. 청소하러 와서는 물만 발라 놓고 간다니까요. 그래서 더 더러워지기 일쑤예요. 그러니까 새로 닦아야겠죠."

"지금까진 괜찮았잖아요."

"그게 그러니까, 지금까지는 괜찮았죠. 매일 김 대리가 일찍 출근해서 책상 위를 깨끗하게 닦았으니까요. 쓰레기통도 일일이 확인해서 버리고, 팀장님 책상에 꽃도 꽂고 화분에 물도 주고, 아침 못 먹은 사람 먹으라고 샌드위치도 만들고, 김 대리가 다 했죠. 그래서 우리 모두 편했어요. 지금은 김 대리가 없잖아요. 그러니까 우리 팀 막내인 희진 씨가 해야죠. 안 그래요? 황 대리는 하는 일이 많으니까 안 되고, 팀장님이나 과장님이 하실 수는 없잖아요. 내가 하기도 그렇고, 알다시피 나는 키가 너무 작잖아요."

듣고 있자니 황미나는 속에서 열불이 터졌다. 황미나는 죄 없는 의자를 요란하게 끌어당겼다. 의자 끄는 소리가 사무실에 크게 울렸다. 이희진은 벌떡 일어나 밖으로 나갔다. 황미나는 말없이 이희진의 뒷모습을 보다가 전화기의 발신자 표시를 확인했다. 이제 김 대리의 사인을 밝힐 차례였다.

최민희는 창밖을 내려다보았다. 강한 기시감이 들었다. 최민희는 김 대리가 입사하기 전의 어느 날로 돌아갔다. 박종식에게 깨지고 무시당하고 멸시받고 그런데도 헤헤거리고 아부하고 눈치보는 자신이 바보 천치 같기만 했다. 모멸감을 견디지 못하고 퇴직을 고민한 적도 있었다. 남편, 부모님, 친구에게도 말할 수 없었다. 그래서 최민희는 혼자 삭혔다. 그런 삭막한 날들이 있었다. 먼 과거의 일 같지만 그리 오래된 이야기가 아니었다. 연휴 전날도 한바탕 피바람이 불 뻔한 것을 김 대리가 무마시킨 일이 있었다. 모델 섭외 문제로 윤 이사에게 호되게 당한 박종식이 최민희에게 화풀이하려는 순간, 김 대리가 나서서 AI 모델 이야기로 상황을 반전시키기도 했다. 최민희는 김 대리의 그늘에서 하루하루를 편하게 보낼 수 있었다. 김 대리를 생각하니 마음이 아팠다. 너무 아파 더는 김 대리 생각을 하고 싶지 않았다. 김 대리 생각을 떨치려고 고개를 흔들었다.

창밖으로 눈을 돌렸다. 광장에 사람들이 빼곡하게 들어찼다. 물대포 때문에 광화문은 워터 파크로 변했다. 사람들은 파도 풀에서 수영하는 것처럼 보였다. 그런데 사람들은 왜 모인 거지? 집회가 일상이 되다 보니 무신경해졌다. 시댁에서 봤던 뉴스가 떠올랐다. 집회에 참가한 사람이 죽었다는 뉴스였다. 그 이상은 떠오르는 게 없었다. 죽음이 일상이 된 지금, 단순히 죽는 것만으로는 뉴스거리도 되지 않았다. 최민희는 죽음을 쉽게 받아들이게 된 자신이 두려웠다.

사무실 문이 삐거덕거리는 소리를 내며 열렸다. 오래된 침대에서 나는 소리였다. 사무실 문마저 김 대리의 죽음을 슬퍼하는 듯했다. 머리부터 발끝까지 흠뻑 젖은 강지훈이 사무실에 들어왔다. 디자인실에 샘플을 가지러 갔던 사람이 목욕탕에 한 시간쯤 들어갔다 나온 사람처럼 몸이 불어 있었다. 익사자가 걸어오는 것처럼 으스스했다.

"지훈 씨, 어디 갔다 온 거예요?"

오병수가 수건으로 강지훈을 닦아 주며 물었다.

"광화문 광장이요."

강지훈의 목소리는 담담했다.

"거긴 왜 갔어요?"

"택배 받으러요."

"택배를 왜 광장에서 받아요."

"광장이 물바다가 돼서 택배 차가 못 들어온다잖아요."

"그게 지훈 씨랑 무슨 상관이에요?"

스무고개도 아니고 답답해 죽을 지경이었다.

"디자인실에서 샘플 만들 원단을 택배로 받아야 하는데 대신 좀 받아 달라고 해서요."

"그래서 택배 받으러 광장에 갔다가 이 꼴이 된 거예요?"

강지훈이 고개를 끄덕였다.

"택배는 디자인실에 잘 전달했어요?"

"물대포를 맞는 바람에 우리 보정 속옷 샘플이랑 디자인실 택배랑 다 잃어버렸어요. 어떡해요?"

눈물을 글썽이는 강지훈을 오병수가 다독였다.

"괜찮아요. 샘플이야 원단 사서 또 만들면 되죠. 지훈 씨, 어디
다친 데는 없어요?"

"물대포를 머리에 세게 맞아서 그런지 두통이 좀 있어요."

강지훈은 창가로 가 섰다.

"대리님, 광화문 광장에서 쓰는 물세는 누가 내요?"

"세금으로 내겠죠."

"정부에서 낼까요? 서울시에서 낼까요?"

"나야 모르죠."

오병수는 황미나를 쳐다봤다. 두 사람은 눈짓으로 대화했다. 강
지훈이 조금 이상했다.

"오 대리님, 지금 물병을 든 시민들이 광화문으로 집결하고 있
어요. 물대포에서 나오는 물이 이순신 동상의 기를 받아서 약수가
된다는 소문이 SNS를 통해서 빠르게 퍼지고 있거든요. 그 물을 마
시면 암이 낫고 그 물로 씻으면 아토피가 완치된대요. 샴푸와 비
누를 챙겨 와서 샤워하는 사람도 있어요."

참지 못하고 황미나가 끼어들었다.

"피부도 좋아지겠네요?"

"당연하죠. 십 년 묵은 각질이 다 떨어져서 아기 피부 같아진대

요. 수압이 얼마나 센지 관절염을 고친 사람도 있다잖아요. 경락 마사지 효과도 있고요. 그래서 물대포 한번 맞겠다고 시민들이 몰려들고 있어요."

"물대포 아프지 않았어요?"

"엄청 아프죠. 고막 나가는 줄 알았어요. 잠시 기절했던 것 같기도 하고요. 근데 진짜 효과 있어요. 어떤 깨달음을 얻은 것 같기도 하고, 우주의 기운이 저를 감싸는 느낌이랄까요."

그 말에 혹한 황미나는 당장 물대포를 맞으러 가려고 했다. 웹소설에 나오는 젊고 잘생기고 능력 있고 키 크고 나만 사랑하는 그런 남자를 만나려면 가꿔야 한다. 못생긴 웹소설 여주인공은 없다. 예뻐진다면 양잿물이라도 마실 황미나였다.

오병수가 황미나를 잡았다. 눈짓으로 강지훈을 가리켰다.

"물대포 잘못 맞고 맛이 간 거 같아요. 황 대리, 방금 강지훈 씨가 한 말이 진짜라고 생각하는 건 아니죠?"

"지훈 씨가 미쳐서 한 말이라고요? SNS에 비슷한 말이 돌고 있어요."

"그건 다 헛소리야. 황 대리, 정신 차려요."

간절하면 사기도 쉽게 당한다더니. 황미나는 제 뺨을 톡톡 치며 정신을 차렸다. 두 사람은 젖은 옷을 닦는 강지훈을 빤히 봤다. 강지훈이 이상해진 건 김 대리 탓이었다. 강지훈은 김 대리를 유독

따랐다. 김 대리가 애먼 사람 하나 보내는구나. 오병수는 혀를 찼다. 황미나는 혹시나 하고 창가로 달려가 창문을 열고 아래를 내려다봤다. 광장이 새카맣게 보였다. 까만 머리통이 개미 떼처럼 몰려 있었다. 사람들이 점점 더 늘어났다. 피부가 좋아지기는커녕 광장에 내려갔다가는 그대로 쥐포가 되고 말 것이다. 오병수는 책상 서랍을 뒤져 재작년 단합 대회 때 입었던 회색 체육복을 찾아냈다. 체육복에서 술빵 냄새가 솔솔 풍겨 왔다.

"지훈 씨, 이거 냄새가 좀 나긴 하는데 갈아입을래요?"

"감사합니다, 오 대리님."

강지훈은 체육복을 냉큼 받아 갔다. 오병수는 어안이 벙벙했다. 깔끔이, 까탈이 강지훈이 냄새나고 더러운 체육복을 입겠다니. 어쩌면 물대포가 성격 개조에 탁월한 효과가 있는지도 모르겠다. 오병수는 황미나 쪽을 보며 씩 웃었다. 황미나도 물대포를 한번 맞으면 좋을 텐데.

타워 콤플렉스

동그란 눈에 뽀얀 피부, 청아한 목소리를 가진 강지훈은 아역 탤런트 출신이다. 그는 초등학교 3학년 때, 길거리 캐스팅으로 데뷔했다. 어린이 드라마와 미니 시리즈에 출연했지만 큰 인기는 얻지 못하다가, 사극에서 영창대군 역을 완벽하게 소화해 내면서 대중에게 깊은 인상을 남겼다. 그 후에도 꾸준히 연기를 했지만, 영창대군을 넘어서는 인지도를 얻는 역할은 없었다. 대학을 가야 할 나이가 되어 서울 소재의 연극영화과에 입학하게 되었지만 그때도 사람들은 강지훈을 보고 영창대군이라고 불렀다.

아역 연기자에서 성인 연기자로 전환하는 데 실패한 강지훈이 지극히 평범한 대학 생활을 이어 가던 어느 날, 강지훈 앞에 낯선 남자가 찾아왔다. 눈썹과 눈꼬리가 날카롭게 치솟아서 연필로 성의 없이 찍 그어 놓은 듯한 눈을 한 남자였다. 남자의 눈은 맹수처럼 이글거렸다. 강지훈은 그 눈에 완전히 빠졌다. 눈매가 매서운 남자의 카리스마에 걸려든 것이다.

"가수 한번 해 볼래요?"

강지훈은 남자를 오래전부터 기다려 왔다는 듯이 그를 따라갔다. 커피숍, 당구장, 호프집이 있는 5층 높이의 건물로 들어가 지하로 내려갔다. 지하에는 노래방이 있었다. 노래방 VIP실이 연습실이었다. 테이블과 소파를 치운 자리에 드럼, 키보드, 기타 등이 놓였다. 한쪽 모퉁이에 작은 냉장고가 있었다. 그 옆으로 소주가 상자째 쌓여 있었다. 빈 생수병과 술병, 과자 봉지, 악보들이 여기저기 굴러다녔다. 종이 상자를 깔고 자고 있던 멤버들이 하나둘 일어났다. 귀신처럼 머리가 긴 남자를 보고 처음에는 여자인 줄 알고 깜짝 놀랐다. 청나라 사람처럼 정수리 부분의 머리만 남기고 모두 밀어 버린 남자는 얼굴이 울퉁불퉁해서 얼굴에 하지 정맥류가 생긴 것처럼 보였다. 말상인 남자는 이마도 길고 코도 길고 턱도 길었는데 머리까지 길어서 오이처럼 보였다.

"뭐냐?"

말상인 남자가 짜증이 난 듯 물었다.

"영창대군이다. 내가 데려온다고 했지."

강지훈은 인디 밴드 출신의 외인구단 같은 그들과 '상떼'라는 이름으로 한 팀이 되었다. 어쩔 수 없는 선택이었다. 원래 상떼는 홍대에서도 인기 없기로 유명했다. 거리 공연을 하다가 지명 수배범과 유사하게 생겼다고 동네 주민이 경찰에 신고해 조사를 받기도 했고, '무대에 세워 준 것만으로도 고맙게 생각해야지.'라며 보수를 안 챙겨 주는 업주까지 있었다. 얼굴이 무기라는 말이 왜 생겼는지를 온몸으로 보여 주는 밴드가 바로 상떼였다.

상떼가 데뷔할 수 있었던 건 누가 뭐래도 강지훈의 덕이었다. 중형 기획사가 상떼와 계약한 것 역시 강지훈 때문이었다. 영창대군의 가수 데뷔로 매스컴의 주목을 받았고, 강지훈 때문에 쇼 프로그램의 게스트로 초대됐다. 방송 3사의 음악 프로그램에 출연한 것도 강지훈 없이는 상상할 수 없는 일이었다. 그저 그런 언더그라운드 밴드가 하루아침에 스타가 되었다. 그것도 봐주기 어려울 만큼 못생긴 밴드가 말이다. 멤버들은 모두 진한 스모키 화장을 했다. 무대에 선 상떼는 미녀와 야수 같았다. 강지훈은 머리를 무지개색으로 염색하고 스모키 화장을 진하게 했는데도 꽃미남이었다. 무대 위에서 강지훈은 멋있었다. 감미로운 목소리로 시작해서 후반부에 폭발하는 가창력이 압권이었다. 상떼는 가요계를 산산이 부숴 버릴 매머드급 가수로 급성장했다. 음악 프로에서 1등을 하고 연말 시상식에서 상이란 상은 모조리 휩쓸었다. 강지훈은 곧 대한민국 최고, 아시아 최고, 나아가 세계 최고의 가수가 될 수 있을 것만 같았다.

하지만 단독 콘서트를 준비하면서 그룹은 삐걱대기 시작했다. 어쩌면 훨씬 이전부터 균열이 시작되었는지도 모른다. 그들은 처음부터 발에 맞지 않는 신발이었다. 맞지 않는 신발을 잠깐 신을 수는 있지만 오래 신지는 못하는 법이다. 대외적으로 샹떼의 리더이자 보컬은 강지훈이었다. 하지만 실상은 달랐다. 샹떼의 실질적인 리더는 말상이었다. 샹떼의 모든 노래를 작사, 작곡하고 직접 불렀다. 말상의 노래는 키가 너무 높아 웬만한 가수는 부르지도 못했다. 말상이 만든 노래는 혼자만 부를 수 있었다. 그것이 그가 추구하는 음악이었다. 샹떼는 항상 립싱크를 했는데 강지훈이 아무리 연습해도 부를 수 없는 키였기 때문이었다. 녹음할 때, 초반의 발라드는 강지훈이 불렀고 헤비메탈로 끝나는 후반부는 말상이 불렀다. 말상이 심하게 목을 긁는 창법을 써서 누구의 목소리인지 전혀 모르게 했기 때문에 일반인들은 전혀 눈치채지 못했다. 강지훈이 노래를 못 부르는 건 아니었다. 감미로운 목소리 톤이 좋았고 삼 옥타브 정도는 자유자재로 올라갔다. 배우였기에 감정도 좋았다. 문제는 샹떼의 노래가 음이 너무 높다는 것에 있었다. 샹떼의 인기가 높아질수록 강지훈이 설 자리는 줄어들었고, 말상의 입김은 조금씩 세졌다. 강지훈은 모른 척할 수밖에 없었다. 샹떼는 실력에 대중성까지 갖춘 요즘 보기 드문 밴드로 명성을 쌓아갔다. 멤버들은 강지훈을 좋아하지 않았다. 물은 물끼리, 기름은 기름끼리 모이는 것이 이치였다. 중국 진출을 추진하고 있던 매니지먼트사도 강지훈의 존재를 껄끄러워했다. 말상을 리드 보컬로

세우고 기타를 칠 새로운 멤버를 영입하는 것이 가장 좋은 방법이라는 회의 결과가 나왔다. 강지훈이라는 얼굴마담 없이도 인기를 유지할 수 있다는 자체 조사가 끝난 상태였다. 멤버 개개인이 상당한 인기를 끌고 있었다. 인터넷상에는 벌써 상떼와 강지훈이 어울리지 않는다는 평이 돌았다.

상떼는 건강상의 이유를 들어 단독 콘서트를 접었다. 공개적으로 휴식을 선언했다. 한 달간의 개인 시간이 주어졌다. 강지훈은 집에서 뒹굴었다. 먹고 자고 텔레비전 보고 먹고 또 잤다. 화장실에 갈 시간도 넉넉지 않았던 활동 기간 동안 이렇게 집에서 뒹굴기를 얼마나 원했던가. 강지훈이 집에서 자유를 만끽하는 동안 비공개 오디션이 진행됐다. 모든 일은 강지훈 모르게 진행되었다. 누구도 입 밖에 내지 않았지만 그건 공동의 생각이었다. 말상을 대신해 기타를 칠 사람은 쉽게 구해졌다. 실력 있는 사람은 많았다. 비주얼이 좋은 사람도 많았다. 비주얼과 실력이 동시에 있는 사람을 구하기가 어려운 법이다. 말상은 기타리스트의 외모는 중요하지 않다고 생각했다. 실력이 먼저였다. 말상은 어느새 상떼에서 입김이 가장 센 사람이 되어 있었다. 그는 외모로 인해 실력을 증명할 기회도 얻지 못했지만, 정상에 서자 외모 따위는 아무것도 아니었다. 못생긴 것도 개성으로 둔갑했다. 강지훈에게 미안한 마음이 들기도 했지만 그런 생각은 오래가지 않았다. 강지훈이 한

달간 쉬는 동안 상떼는 완벽하게 새로 세팅되었다. 말상은 신곡을
준비했다. 상떼는 중국 진출을 공식 선언했다. 강지훈의 상떼 탈
퇴가 검색어 순위 상위에 랭크됐다. 강지훈은 자신의 탈퇴 기사를
텔레비전 연예 프로에서 처음 보았다. 탈퇴 이유는 할리우드 진출
때문이라고 되어 있었다. 매니지먼트사의 전화번호는 바뀌어 있
었다. 멤버들의 전화번호도 결번이었다. 사무실이 있어야 할 건물
에는 삼겹살집이 들어서 있었다. 삼겹살집에서는 개업 선물이라
며 벽시계를 강지훈의 손에 들려 줬다.

멤버들이나 매니지먼트사에서 솔직하게 얘기했다면 강지훈은
멋지게 물러났을지도 모를 일이었다. 처음에는 화가 났겠지만 차
츰 마음이 가라앉아 대안을 찾아보았을지도 모른다. 강지훈은 철
저하게 이용당하고 버림받은 기분이었다. 이해할 수도, 용서할 수
도 없었다. 어떤 상처는 아무리 세월이 흘러도 아물지 않는다. 강
지훈에게 상떼가 그랬다.

강지훈은 누아르 영화의 주인공처럼 복수를 다짐하며 회사를
찾아갔다. 매니지먼트사는 백 평이 넘는 건물을 임대해 쓰고 있었
다. 현대식으로 리모델링한 건물은 전면이 통유리로 되어 있었다.
한강이 훤히 내려다보였다. 상떼의 연습실은 건물의 꼭대기 층에
있었다. 건물의 가장 높은 곳에서 반짝이는 사무실은 강지훈이 꿈
꾸던 모습 그대로였다. 저 자리는 말상이 아닌 강지훈의 자리여

야 했다. 울컥하는 마음이 들었다. 연습실에는 대형 거울이 전면에 설치되어 있었다. 99인치 최신형 벽걸이 텔레비전이 걸려 있었다. 얼음이 따로 나오는 노란색 정수기, 연습하다 쉴 수 있는 붉은색 계열의 와인 바도 있었다. 천장에 설치된 에어컨은 초록색이었다. 원색으로 채워진 연습실은 활기차고 젊고 강하게 느껴졌다. 연습실에 있던 상떼 멤버들처럼. 그들은 야생의 들개를 닮았다. 길들지 않는, 길들일 수도 없는, 날것 그대로의 열기를 머금고 있었다. 강지훈은 그들의 눈빛에 주눅이 들었다. 갑자기 온몸에서 기운이 빠져나갔다. 3인용 어린 물소 가죽 소파가 안락해 보였다. 강지훈은 소파에 앉고 싶은 욕망을 눌러 삼켰다.

"너희가 누구 때문에 데뷔했는데. 내가 없었다면 네까짓 것들이 음반이나 낼 수 있었겠어? 그런데 나한테 어떻게 이래."

목소리에 독기는 사라지고 없었다. 일주일 동안 먹지도 자지도 않고 바득바득 이를 갈며 찾아온 사람치고는 맥 빠지는 소리였다. 눈물이 흘렀다. 강지훈은 부끄럽고 화나고 이렇게 못난 자신이 미워서 고개를 돌려 버렸다. 사장도 매니저도 멤버들도 모두 고개를 숙였다. 강지훈의 눈물을 볼 용기는 누구도 없었다. 새 멤버조차 고개를 푹 숙였다.

"지훈아, 좀 더 있다가 연락하려고 했어. 너는 가수보다는 배우가 더 어울려. 아니, 너 노래 잘해. 근데, 상떼랑은 안 맞아. 색깔이 달라. 네가 원하면 다른 팀을 짤 수도 있어. 그래, 지훈이가 주축이 된 아이돌 그룹을 만드는 거야. 어때, 좋은 생각이지?"

밴을 운전하고 김밥이나 떡볶이를 사다 나르던 매니저가 손뼉까지 치며 "맞습니다."라고 거들었다. 새 멤버도 "좋은 생각 같습니다."라며 자기 생각을 알려 왔다. 사장은 이미 그룹이 만들어진 것처럼 수선을 떨었다.

"쓰레기들."

그들을 노려보며 강지훈이 중얼거렸다.

"내가 없었으면 너희들은 쓰레기야."

그때 말상이 강지훈의 턱을 주먹으로 후려쳤다. 전혀 예상치 못한 일이라 모두가 놀랐다. 강지훈의 몸이 크게 휘청거렸다. 완벽했던 콧날은 말상의 주먹 한 방에 휘어졌다. 일그러진 얼굴과 함께 강지훈은 나락으로 떨어졌다.

"넌 우리와 달라. 그래서 널 받아들일 수 없는 거야. 널 이용한 건 미안. 하지만 세상이 원래 그런 거야. 너같이 모든 걸 다 가진 애는 자신이 얼마나 세상에 빚을 지고 사는지 모르지. 넌 우리 같은 사람이 죽었다 깨도 이루지 못할 일들을 쉽게 이뤄. 아냐? 넌 얼마든지 다른 길 찾을 수 있잖아. 우리 방해 말아 줘."

강지훈을 처음 찾아온 눈매가 매서운 남자가 말했다. 이제 보니 그는 설득력 강한 눈매를 가졌다. 배우로서 실패한 강지훈을 끌어들이자는 의견을 처음 낸 사람이 바로 눈매가 매서운 남자였다. 그도 강지훈을 이용만 하고 버릴 생각은 아니었다. 자신들이 이토록 성공할 줄 미처 몰랐기 때문에 저지른 잘못이었다. 말상은 고개를 돌리고 저만치 멀리 떨어져 섰다. 분위기가 살벌해지자 사장은 강지훈의 할리우드 진출을 적극적으로 도울 것이라고 말했다. 웃음을 잃은 야비한 킬러 역 같은 걸 알아보겠다고 했다. 가수보다는 배우가 더 어울린다는 말을 다시 강조했다. '넌 우리와 달라.' 강지훈은 그 말을 줄곧 되뇌었다. 거울에 비친 강지훈은 나약하고 비굴해 보였다. 슬픈 강아지처럼 보이기도 했다. 주인이 사료만 주고 소시지는 주지 않아 속상한 강아지, 침대에 쉬를 했다고 주인에게 야단맞은 강아지, 주인이 새로 온 강아지를 더 귀여워해서 우울한 강아지, 바보 같은 강아지, 세상에서 가장 불쌍한 강아지. 그 강아지가 바로 강지훈이었다.

잘 먹고 잘 살아라. 그러고 그때 회사를 나왔어야 했다. 깔끔하게, 남자답게 말이다. 강지훈은 그러지 못했다. 가수든 배우든 뭐든 되어야 한다고 생각했다. 강지훈이 아는 세상은 화면 속의 삶뿐이었다. 조금은 비굴하게 버텼다. 훨훨 나는 상떼를 보며 사무실을 지켰다. 사무실에서 전화도 받다가 커피도 타다가 청소도 했다. 어느 날부터 사장은 강지훈의 인사를 받아 주지 않았다. 사무실에 그만 나와야지 하면서도 눈을 뜨면 사무실로 향했다. 달리

할 일이 없었다. 강지훈은 할리우드 진출을 꿈꾸며 영어 공부를 시작했다. 할리우드 진출이 한여름 밤의 꿈처럼 허무한 공상이라는 것을 알면서도 말이다.

'넌 우리와 달라.' 눈매가 매서운 남자가 했던 말이 맞다는 걸 강지훈은 뒤늦게 깨달았다.

'내가 있을 곳은 여기가 아니야.'

신의 계시처럼 급작스럽게 깨달았다. 상떼가 오리콘 차트 1위에 오르던 날 강지훈은 사무실을 나왔다. 강지훈은 다음 학기에 복학했다. 취업을 위해 닥치는 대로 자격증을 땄다. 늘 성실하게 살아왔기에 그리 어려운 일도 아니었다. 강지훈의 입사를 두고 직원들 사이에서 말이 많았지만, 시간이 흐르자 강지훈을 둘러싸고 퍼졌던 무수한 소문의 진상은 이제 아무도 알려고 들지 않았다. 스타가 될 뻔했던 아역 배우 강지훈은 평범한 회사원이 되었다. 매일 정해진 시간에 일어나 출근하고 정해진 시간에 퇴근하는 회사원 생활이 잘 맞았다. 주말에는 여행을 갈 수 있었고 취미 생활을 즐길 수도 있었다. 동료들과 사이도 나쁘지 않았다. 강지훈은 조금씩 편안해졌다.

한강 공원에서 단합 대회가 있던 날, 뒤풀이로 바비큐 파티가 열렸다. 강지훈은 즐거운 마음으로 꽤 많은 양의 술을 마셨다. 즐겁게 마신 술이라 기분이 아주 좋았다. 갑자기 화장실이 급해 한

참을 걸어 간이 화장실에 갔다가 돌아오다가 상떼 멤버들과 마주쳤다. 아시아 최고의 인기 그룹이 한강 변에, 그것도 매니저도 없이 왜 왔는지 알 수 없었다. 모자와 선글라스로 얼굴을 가렸지만 그들은 멀리서도 빛이 났다. 대번에 상떼라는 걸 알 수 있었다. 강지훈은 순간 고개를 돌렸다. 그들에게서 멀어지려 했다. 말상이 "어이!" 하고 불렀다. 강지훈은 자신을 부른다는 걸 알았지만 못 들은 척 빠르게 걸었다.

"영창대군."

영창대군 소리에 고개가 절로 돌아갔다. 머리로 생각하기도 전에 몸이 먼저 움직여 반응한 것이다. 강지훈은 영원히 영창대군일 수밖에 없었다. 그건 버리고 싶다고 버릴 수 있는 것이 아니었다. 강지훈은 회사 로고가 새겨진 흰색 바탕에 검은색 줄무늬가 들어간 체육복을 입고 있었다. 체육복에는 흙, 풀물, 고깃기름 같은 것들이 묻어 있었다. 메이크업을 하지 않은 얼굴은 기름기로 번들거렸고 곱슬머리는 둥글게 부풀어 있었다.

"한 번에 알아봤지. 영창대군이 우릴 한 번에 알아본 것처럼. 그래, 이게 바로 너의 본모습이야. 잘 어울린다. 이렇게 사는 것도 나쁘지 않지? 영창대군, 우리한테 고마워해야 하는 거 아냐?"

"그냥 니들 갈 길 가."

강지훈은 이 자리를 벗어나고 싶었다. 말상은 생각이 달랐던 모양이었다. 자꾸만 강지훈을 말로 공격했다.

"아, 냄새. 영창대군, 옷 좀 빨아 입고 다녀. 이젠 회사원이라고 불러야 예의인가."

"비아냥대지 마."

"내가 비아냥대면 네가 어쩔 건데. 고작 회사원인 네가 뭘 어쩔 거냐고?"

말상이 강지훈의 가슴을 검지로 쿡쿡 찔렀다.

"더는 못 참아."

강지훈이 발끈했다. 술기운도 올랐고, 눌러 두었던 감정이 튀어나왔다. 말상에게 주먹을 뻗었다. 말상을 향해 날아가는 주먹을 막은 건 김 대리의 손바닥이었다. 김 대리도 화장실을 다녀오는 길이었다. 매일 김 대리에게 PT를 받은 강지훈의 펀치는 강력했다. 강지훈의 주먹이 김 대리의 손바닥이 아닌 말상의 얼굴을 쳤다면 코뼈가 내려앉았을 것이다.

연습실로 자리를 옮겨 노래 대결이 벌어졌다. 강지훈과 말상의 대결이었다. 두 사람의 노래 대결을 성사시킨 것은 김 대리였다. 그리고 강지훈이 이겼다. 말상보다 더 높은 음을 낸 것이다.

"말도 안 돼. 영창대군, 네가 어떻게 그 음을 낼 수 있는 거지. 그 키는 사람이 낼 수 있는 게 아닌데."

말상의 말에서 독기가 빠졌다. 초자연 현상을 본 듯이 현실을 부정했다.

"넌 외모로도 노래로도 나한테 안 돼."

강지훈은 멋지게 한 방 날리고 돌아섰다. 김 대리와 함께였다.

"말도 안 돼. 내가 영창대군 따위에게 지다니."

좌절한 말상이 그 자리에 주저앉았다. 눈매가 매서운 남자가 소리쳤다.

"그러니까 그때 내가 지훈이 자르지 말자고 했잖아."

"이 새끼 뭐라는 거야. 영창대군이 메인 보컬로 부족하다고 살살 긁은 게 누군데."

흥분한 말상이 대번에 그의 멱살을 잡았다. 두 사람이 엉겨 붙었다. 눈매가 매서운 남자가 휘두른 주먹에 코를 맞은 말상이 무릎을 꿇고 주저앉았다. 잘못을 비는 모습과 비슷했다. 말상의 코에서 피가 쏟아졌다. 피는 순식간에 말상의 상의를 적셨다.

'이러다 죽는 거 아냐?'

강지훈은 속으로 놀랐다.

"신경 쓸 거 없어요. 지훈 씨랑은 관련 없는 사람들이잖아요."

김 대리의 말을 듣고 강지훈은 몸을 돌려 연습실을 빠져나왔다. 김 대리의 말이 맞았다. 죽든 살든 저들의 문제일 뿐 자신은 상관없었다.

"고마워요."

강지훈이 김 대리에게 인사했다. 방금 전 대결에서 트릭을 좀 썼다. 활동할 때 말상이 그랬던 것처럼 후반부는 김 대리가 같이 불렀다. 멤버들이 라이브를 할 때처럼 악기를 연주했기에 속이기 수월했다. 노래 실력까지 수준급이라니 김 대리의 능력은 끝이 없었다.

　"저는 안 불렀어요. 음치거든요."

　"네? 그러면 아까는?"

　"지훈 씨 혼자 부른 거예요. 그동안 리더의 기에 눌려서 지훈 씨는 자신의 능력을 미처 발휘하지 못한 거였어요."

　"아!"

　"고마우면 술 한잔 사요."

　김 대리가 근처 실내 포장마차를 가리켰다.

　"얼마든지요."

　강지훈은 그제야 자신을 옭아매고 있던 보이지 않는 선이 끊어졌다는 것을 깨달았다.

어떤 의심

황미나는 김 대리의 아버지로 추정되는 남자의 핸드폰 번호를 찾아냈다. 신원이 불분명한 전화번호는 그것뿐이었다. 이번에는 빠짐없이 물어볼 작정이었다. 황미나는 메모지에 붉은 펜으로 정리를 해 뒀다.

1. 장례식장 위치
2. 발인 날짜
3. 장지
4. 사망 이유

진짜 질문은 마지막에 배치했다. 음악 프로그램에서도 인기 스타가 마지막 무대를 장식하지 않는가. 4번 사망 이유는 붉은 펜으로 여러 번 그었다. 사실 장례식장에 가서도 사망 이유는 묻지 않는 게 예의라고 배웠다. 가족들이 직접 밝히지 않는 이상 사인은 알기 어렵다.

황미나는 혼잣말로 연습을 해 봤다.

"바쁘실 텐데 죄송합니다. 경황이 없어 영안실 위치를 물어보지 못했습니다. 조문을 가려고 하는데 어디로 가야 할지, 부고 문자를 따로 받지 못해서 연락 드렸습니다."

뭔가 어색했다. 김 대리가 죽고 그의 가족에게 처음으로 거는 전화였다. 근데 가족이 맞나? 전화 상대는 가족이라고 말하지 않았다. 신중할 필요가 있었다. '상심이 크시겠습니다.'로 시작하는 건 어떨까. 황미나는 수화기를 들고 고민에 빠졌다. 그러고는 메모지에 뭔가를 쓰기 시작했다. 평소 김 대리가 회사 생활을 얼마나 잘했는지, 직원들이 김 대리를 얼마나 좋아했는지, 선배인 자신이 받은 충격과 상심은 또 얼마나 컸는지 주절주절 적었다. 열심히 쓰던 황미나의 손이 멈췄다. 내용이 너무 길고 장황했다. A4 용지 절반 분량으로 줄였다. 좀 섭섭한 기분이 들긴 했다. 김 대리가 이 정도 의미밖에 안 되는 존재였던가. 나에게 김 대리란? 애증의 관계였다. 일 잘하는 김 대리가 좋기도 했지만, 상사의 사랑을 독차지하는 김 대리는 얄미웠다. 황미나는 복잡한 기분으로 김 대리의 가족으로 추정되는 남자에게 전화를 걸었다. 신호가 열세 번 가다가 멈췄다. 누군가 전화를 받았다. 상대는 아무 말도 하지 않았다.

"여보세요?"

상대는 조용했다.

"여보세요?"

황미나는 한 톤 높여 말했다.

"누구십니까?"

아침의 쳇소리 남자였다. 황미나는 갑자기 혀가 마비됐다.

"그러니까 그게."

황미나는 자신을 어떻게 소개할지 난감했다. 심지어 갑자기 이름조차 생각나지 않았다. 뭐 이런 황당한 일이 다 있는지.

"잠깐만요."

황미나는 머릿속으로 '내 이름이 뭐지?' 하고 생각했다. 뒤늦게 버벅거리며 말했다.

"저어, 황미나 대리입니다. 김 대리님 근무하는 부서의……."

황미나는 자신의 입을 꼬집고 싶었다.

"무슨 일이십니까?"

황미나는 말문이 막혔다. 눈앞이 하얗게 되면서 기억이 잠시 멈췄다. 알코올 때문에 기억을 잃어버릴 때 흔히 필름이 끊겼다고 표현하는데 황미나는 술도 마시지 않은 상태에서 필름이 끊어졌다. 황미나는 화들짝 놀라서 수화기를 귀에서 뗐다. 귀청을 뚫을 듯 잡음이 심했다. 아침에도 그러더니 뭐가 이렇게 시끄러운지. 상대는 장례식장이 아니라 공사장에 있는 듯했다. 한참 후, 메모지가 눈에 들어왔다. 1번 질문을 해야 했다. 인사치레할 정신이 없었다.

"장례식장이 어디예요? 퇴근하고 조문을 가려고요."

수화기에서 끼익 쇳소리가 났다. 황미나는 수화기를 떨어트릴 뻔했다.

"부우우거어엄 대기 주웅입니다아."

기괴하게 말이 늘어졌다. 공포 영화의 한 장면 같았다. 남자가 뭐라고 말을 하는데 잡음 때문에 알아들을 수가 없었다. 그러다 전화가 예고도 없이 끊어졌다. 황미나는 빠르게 상대를 불렀다.

"여보세요?"

뚜, 뚜뚜 소리만 들려왔다. '부우우거어엄'이란 문장만이 남았다. 대체 무슨 말일까? 황미나는 머리를 굴렸다. '부우우'는 부여처럼 들렸다. 그렇다면 '거어엄'은 뭐지? 부우우거어엄. 황미나는 이 말을 소리 내어 발음해 봤다. 머리에서 지진이 날 지경이었다.

이희진은 화장실을 돌며 청소 도구를 찾았다. 대부분의 청소 도구함이 잠겨 있었다. 열려 있는 청소 도구함에는 빗자루 하나 없었다. 이희진은 무엇을 어떻게 해야 할지 몰라 화장실만 들락날락했다. 황미나가 눈이 빨개서 기다릴 것이다. 김 대리가 있었다면 황미나가 자신을 이렇게 구박하게 내버려 두진 않았을 텐데. '입사한

지 얼마 안 됐잖아요.'라며 이희진을 데리고 밖으로 나와 쉴 수 있게 해 줄 텐데. 김 대리가 한 살 아래지만 이희진은 김 대리가 꼭 친오빠처럼 느껴졌다. 김 대리라면 지금 어떻게 했을까. 이희진은 청소 아줌마를 찾으려고 했지만 단 한 명도 찾을 수 없었다. 청소 아줌마들은 모두 어디에 있는 것일까. 일찍 출근하는 날이면 로비, 사무실, 복도 등에서 청소 아줌마들이 질서정연하게 청소하는 모습을 볼 수 있었다. 야근하고 돌아가면서 불이 켜진 사무실을 들여다보면 청소 아줌마들이 부지런히 일을 하고 있었다. 그 많던 청소 아줌마들은 낮에 어디로 사라지는 것일까. 이희진은 궁금해서 견딜 수가 없었다. 무엇보다 이희진에게는 걸레가 필요했다. 사무실 책상을 닦을 깨끗한 것으로 말이다.

'어디 가서 걸레를 구하지?'

이희진은 울고 싶어졌다. 멀리서 이희진을 주시하던 오병수가 다가왔다.

"희진 씨, 울지 마요."

오병수는 이희진에게 손수건을 건넸다. 이희진은 손수건을 받아 얼굴을 가렸다. 이희진은 부끄러웠다. 눈물이 멈추면 좋을 텐데 주책없이 더 나왔다. 오병수가 말했다.

"1층에서 비상구를 이용해 지하로 내려가 봐요. 엘리베이터 타지 말고 꼭 비상구로 내려가야 해요. 거기 청소 아줌마들 쉬는 방이 있어요."

　황미나가 중얼거렸다.

"냄새가 나."

　황미나는 수화기를 손에 쥔 채로 깊은 생각에 빠져들었다.

"분명히 뭔가가 있어. 냄새가 나. 그것도 아주 강하게."

"냄새가 나긴 무슨 냄새가 자꾸 난다는 거예요? 지금 희진 씨 울고 난리 났어요. 마음이 얼마나 여린데 대놓고 구박하면 안 되지. 쥐도 도망갈 구멍 봐 가면서 쫓으라는 말도 있잖아요."

"뭔가가 있어, 분명히. 냄새가 난단 말이야."

"황 대리, 있긴 뭐가 자꾸 있다는 거예요. 냄새도 안 나는데."

"오 대리님, 부우우거어엄이 뭐라고 생각해요?"

"뭐요? 부웅우검엄?"

"아니요. 부우우거어엄이요."

"그게 뭐예요."

"오 대리님, 김 대리 절대로 교통사고로 죽은 게 아니에요. 김 대리는 지금 부검 대기 중이거든요."

　황미나는 지지직거리는 잡음 속에서 들은 부우우거어엄의 뜻을 알아내고 말았다. 탐정이 된 것처럼 신났다. 부우우거어엄의 뜻은 바로 '부검'이었다.

이희진은 엘리베이터를 타고 1층으로 갔다. 비상구는 쉬이 보이지 않았다. 1층 로비는 초록색 천지였다. 쭉쭉 뻗은 대나무들이 로비 한 귀퉁이를 차지했다. 대나무 주변으로 고무나무, 파키라, 폴리, 알로카시아가 뒤섞여 자라고 있었다. 연녹색 제복을 갖춰 입은 경비들이 로비를 서성이고 있었는데 다들 정신이 반쯤 나간 것처럼 보였다. 비상구를 알리는 초록색 이정표는 어디에도 없었다. 이희진은 엘리베이터를 타고 지하로 내려갔다. 지하에는 구내식당과 화장실, 휴게실밖에 없었다. 평소 보는 그대로였다. 청소 아줌마들이 쉬는 방은 없었다.

이희진은 다시 1층으로 올라왔다. 하늘색 제복을 입고 하얀색 머릿수건을 두른 청소 아줌마가 모퉁이를 돌아 사라지는 것이 보였다. 이희진은 급히 쓰레기통을 들여다봤다. 쓰레기통은 꽁초 하나 없이 깨끗했다. 다급하게 모퉁이를 향해 뛰었다. 복도에는 아무도 없었다. 화장실 안에도 아무도 없었다. 이희진은 화장실을 나와 복도를 헤맸다. 복도 끝은 막혀 있었다. 비상구는 없었다. 복도에서 돌아 나오는데 청소 아줌마가 남자 화장실에서 나왔다. 청소 아줌마는 100L 쓰레기봉투를 질질 끌고 가고 있었다. 이희진은 "아줌마." 하고 불렀다. 천장이 높고 긴 복도에 이희진의 목소리가 커다랗게 울렸지만 청소 아줌마는 못 듣고 쓰레기봉투를 끌고 모퉁이로 사라졌다. 대나무 정원 뒤쪽으로 들어가는 게 보였다. 대나무 정원 뒤쪽에는 인공 폭포가 흐르고 있었다. 절벽을 본떠 만든 인공 폭포는 실제 폭포보다 더 사실적이었다. 10m 높이의 인공 바위에서 물이 흘러내렸다. 이희진은 인공 폭포로 갔다. 폭포 뒤는 벽이었다. 가까이서 보는 인공 바위는 좀 엉성했다. 돌이라기보다는 종이에 먹칠한 것 같았다. 손으로 만져 보니 기름을 바른 것처럼 미끈거렸다. 인공 바위를 두드려 보니 안이 비었는지 통통 소리가 났다. 이끼를 표현하려고 초록색 페인트를 군데군데 발라 놨다. 이희진은 인공 바위에서 유난히 함몰된 부분을 손으로 눌렀다. 인공 바위가 스르륵 옆으로 밀렸다.

　이희진은 인공 바위 속으로 들어갔다. 인공 바위 안은 넓고 환했다. 벽에 초록색 비상구 표시가 있었다. 그 아래 지하로 내려가는 계단이 있었다. 계단은 콘크리트로 된 보통의 계단과 달랐다. 재질은 돌처럼 보였다. 주황색에 검은색이 뒤섞인 오묘한 색이었다. 표면은 매끈하고 반질반질 윤이 났다. 두 사람이 서면 꽉 찰 만큼 좁은 계단이었다. 양쪽으로 사람의 키를 넘는 높은 철제 손잡이가 있었다. 덩굴손처럼 철제 손잡이의 끝은 구부러져 있었다. 장미 덩굴이 철제 손잡이를 타고 자라고 있었다. 붉은색의 장미꽃이 강렬했다. 햇살 한 점 들지 않는 지하에서 장미가 핀다는 사실이 놀랍기만 했다. 장미는 오월에 피는데? 의아해하면서 이희진은 천천히 한 걸음씩 아래로 내려갔다. 계단은 길게 늘인 스프링처럼 둥글게 아래로 향해 있었다. 계단이 끝나는 지점에서 하얀색 문이 나타났다.

농구장 크기만 한 방에 청소 아줌마들이 가득했다. 한 무리의 아줌마들이 이불을 깔고 잠을 자고 있었다. 한쪽에서는 통조림 고등어를 넣고 김치찌개를 바글바글 끓였다. 고스톱을 치던 아줌마들은 쉽게 흥분했다. 마늘을 까는 아줌마, 십자수를 놓는 아줌마, 새치 염색을 하는 아줌마도 있었다. 아줌마들은 이방인의 방문을 금방 눈치챘다. 아줌마들의 시선이 이희진의 몸을 꿰뚫었다. 이희진은 결코 들어가서는 안 될 금단의 방에 들어선 느낌이었다. 리더처럼 보이는 한 아줌마가 나섰다. 건장한 체격의 아줌마는 인상이 사나웠다. 이희진의 방문이 달갑지 않은 표정이었다.

"무슨 일이야?"

아줌마의 키는 이희진보다 한 뼘이나 컸고 어깨가 떡 벌어졌다. 걸걸한 목소리에는 힘이 넘쳤다. 뒷모습만 보면 남자로 착각할 수도 있을 것 같았다.

"걸레 좀 빌리려고요."

"걸레를 왜 여기서 찾아?"

"책상을 좀 닦으려고요……."

"우리가 매일 피땀 흘리면서 닦잖아."

'청소 아줌마들이 이렇게 기가 셌던가?'

이희진은 의아했다. 직원들이 나타나면 어깨를 잔뜩 웅크리고 누가 얼굴이라도 들여다볼까 전전긍긍하며 바람처럼 사라져 버리던 사람들과 동일인이 맞는지 의문스러웠다.

"팀장님이 더럽다고 다시 닦으라고 하셔서요."

"더럽다고?"

아줌마들이 이구동성으로 외쳤다. 그 소리는 어마어마하게 커서 방이 다 흔들릴 지경이었다. 이희진은 겁나고 무섭고 화나고 분해서 바들바들 떨며 소리쳤다.

"산토끼는 세수하러 왔다가 물만 먹고 가고, 청소 아줌마들은 청소하러 왔다가 물만 발라 놓고 가서 더 더럽대요. 김 대리님이 있었을 때는 매일 일찍 출근해 걸레질을 새로 해서 괜찮았지만 이제 죽고 없으니 그 일을 저보고 하라잖아요."

이희진은 소리까지 내며 펑펑 울었다. 아줌마들이 무섭고, 원형 탈모가 오도록 공부해서 들어온 직장에서 걸레질이나 해야 한다는 것이 기가 찼고, 황미나가 미워 죽겠고, 김 대리가 견딜 수 없이 보고 싶었다. 그 모든 감정이 뒤섞여 돌발 행동이 튀어나온 것이다.

아줌마들 처지에서는 할 말이 없지 않았다. 사무실 청소라는 것이 만만한 게 아니었다. 사람들은 대충 걸레질이나 하고 쓰레기통이나 치우는 줄 알지만 그게 아니다. 밤새 사무실에서 회식이라도 했는지 아침이면 악취가 피어올랐다. 전날 야근하면서 시켜 먹고 남은 떡볶이, 순대, 치킨, 닭발 같은 음식물이 부패하면서 생긴 냄새를 빼는 데만도 한두 시간은 족히 걸렸다. 밤새 생겨난 날파리 떼는 철새 무리처럼 날아다녔고, 먹다 남은 떡볶이에는 푸른곰팡이가 이끼처럼 피어났으며, 새카맣게 개미 떼가 벽을 타고 줄지어 내려왔다. 쓰레기통은 늘 가득 차 있었다. 휴지와 티백, 캔, 유리병, 과자 봉지, 백옥처럼 깨끗한 A4용지가 쓰레기통에 있는 것은 이해한다 해도, 분침이 떨어져 나간 탁상시계, 구멍 난 러닝셔츠, 시커멓게 태운 냄비가 왜 사무실 쓰레기통에 있는지 알 수 없었다. 책상과 컴퓨터와 테이블은 밤새 먼지가 뽀얗게 쌓여 글씨를 써도 될 지경이었다. 열린 창문으로 황사가 들어온 사무실은 왕릉 같아서 여러 번 걸레질해도 시커먼 먼지가 묻어 나왔다. 변기 주변에는 토사물이 말라붙었고 생리대는 붉은 혈흔을 묻힌 채 봉해지지도 않고 널브러져 있었다. 설사하는 사람은 또 얼마나 많은지, 변기에 똥을 묻히는 건 그래도 양호했다. 벽에다 똥을 칠해 놓는 사람의 심리를 캐고 싶을 따름이었다. 아줌마들은 청소 일이 아무리 힘들어도 여기서 나오는 돈으로 자식들 공부도 시키고 방세도 내고 먹거리도 사지, 하는 생각에 몸이 부서져라 일했다. 하지만 정말 견디기 힘든 건 그런 게 아니었다. 아줌마들이 공기도 아닌데 보고도 못 본 척하는 사람, 아줌마들이 샌드백도 아닌데 화가 난다고 폭언을 일삼는 사람, 아줌마들이 징그러운 벌레도 아닌데 옷

깃이 스치기라도 할까 봐 멀리 돌아가는 사람과 마주치는 날이면 '내가 왜 이러고 사나, 그냥 확 죽어 버리자.'라는 생각이 절로 들었다. 아줌마들은 많은 걸 바라지 않았다. 공기나 샌드백이나 벌레가 아닌 청소하는 사람으로 봐 달라는 게 다였다.

"김 대리님……."

이희진은 김 대리를 부르며 훌쩍였다. 아줌마들 사이에서 술렁이는 소리가 들렸다. 아줌마들은 김 대리라는 말을 듣자 태도가 돌변했다. 김 대리는 아줌마들이 이 회사에서 유일하게 좋아하는 직원이었다. 김 대리는 언제 어디서나 청소 아줌마를 만나면 살갑게 굴었다. 겨울날에는 따뜻한 캔 커피를, 여름날은 시원한 캔 커피를 "언제나 감사합니다."라는 멘트와 함께 건넸다. 김 대리의 백팩 속에는 언제나 넉넉한 양의 음료수가 들어 있었다. 산타 할아버지의 선물 주머니 같았다. 아줌마들은 단순한 음료수를 마신 게 아니었다. 김 대리의 음료수는 최소한의 사람대접이었다.

한 아줌마가 물었다.

"김 대리네 부서 직원이야?"

"네."

아줌마들이 이희진 옆으로 몰려들었다.

"김 대리 왜 죽었대?"

"교통사고요."

아까 사무실에서 동료들이 하는 소리를 듣고 그대로 옮겼다.

"그렇지. 내가 교통사고라고 했잖아."라고 누군가 소리쳤다. 웅성웅성, 김 대리의 사인에 대해 서로 말하느라 분주했다.

"김 대리네 부서 직원이 걸레 찾잖아."

건장한 체격의 리더 아줌마가 소리쳤다. 아줌마들은 걸레를 찾느라 어수선했다. 이곳에도 청소 도구가 없는 모양이었다.

"내가 찾아 줄게."

리더 아줌마가 신발을 신고 앞장섰다. 이희진은 부지런히 아줌마 뒤를 따랐다. 두 사람은 길을 되돌아가 인공 바위 밖으로 나왔다. 그리고 로비에 있는 화장실로 들어갔다. 아줌마는 청소 도구함을 열고 퀴퀴한 냄새를 풍기는 걸레를 이희진 앞에 내놓았다.

"걸레가 다 이 모양이에요. 죄송해서 어쩌죠?"

이희진은 놀라 고개를 들었다. 아줌마의 키가 확 줄어 있었다. 허리는 구십 도 가까이 굽어 있었고 얼굴은 주름이 가득했으며 목소리는 끊어질 듯 가늘어서 주의를 기울이지 않으면 잘 들리지도 않았다. 아줌마는 연신 "죄송해요."라며 고개를 주억거렸다. 이희진은 자신의 키가 10cm쯤 커진 것 같았다. 이희진은 고개를 빳빳이 세우고 그중 깨끗해 보이는 걸레를 집어 들었다.

이희진은 화장실에서 걸레를 빨았다. 아무리 문질러도 걸레는 거무죽죽했다. 손바닥이 금세 빨갛게 부어올랐다. 이희진은 걸레를 비비고 또 비볐다.

"희진 씨, 여기서 뭐 해요?"

타 부서의 직원들이었다. 직원들은 이희진이 들고 있는 걸레를 보더니 대번에 고개를 돌렸다.

"아, 냄새."

후각이 발달한 직원이 먼저 말했다. 둔한 직원들은 냄새의 원인을 찾느라 두리번거렸다.

"책상 좀 닦으려고요."

"그걸 왜 희진 씨가 해요. 청소 아줌마가 다 하는데."

이희진은 할 말이 빨리 생각나지 않아 웃었다.

"김 대리 없으니까 희진 씨도 끈 떨어진 연이다."

후각이 발달한 직원이 말했다. 둔한 직원이 불현듯 뭔가 생각난 듯 다급히 물었다.

"김 대리 왜 죽었어요?"

"교통사고요."

"내가 듣기로는 교통사고 아니라던데."

둔한 직원이 입술에 립밤을 바르며 말했다.

"아니에요. 교통사고 맞아요."

후각이 발달한 직원이 나섰다.

"조금 전에 휴게실에서 오병수 대리한테 직접 들은 거예요."

"그럴 리가 없어요."

이희진은 걸레를 내팽개치고 화장실에서 뛰어나갔다.

'오 대리님을 찾아야 해.'

순둥이 오병수, 오랑우탄 오병수, 『양철북』의 오스카보다 1cm가 더 큰 오병수를 찾아야 했다.

"오 대리님, 오 대리님!"

이희진은 미친 듯이 오병수를 불렀다.

황금 비율

과거, 그러니까 그 불행한 일이 생기기 전에 오병수는 188cm에 78kg으로 수치상으로는 남들이 부러워할 키와 몸무게를 가졌었다. 모든 것은 비율의 문제였다. 오병수는 자신의 몸을 저주했다. 농구공보다 큰 머리, 머리의 무게를 견디지 못한 목은 어깨에 붙었다. 짧은 다리, 다리보다 긴 허리, 무릎에 닿는 팔 길이. 친구들은 오병수를 오랑우탄이라고 불렀다. 어릿광대보다 더 웃긴 몸을 가진 오병수는 서른이 훌쩍 넘도록 연애를 한 번도 해 보지 못했다. 팔등신 미남이 되기를 바란 적은 없었다. 오병수는 눈은 큰데 쌍꺼풀이 없어서 쌍꺼풀 수술을 하고 싶어 하는 욕심쟁이가 아니었다. 기성복을 입을 수 있는 평범한 몸을 가지고 싶었을 뿐이다. 그것이 오병수의 유일한 소원이었다.

장마철이었다. 내리는 비의 양은 많지 않았지만, 일조량이 부족해서인지 사람들의 짜증이 늘었다. 아침마다 젖는 바짓단도 지겨웠다. 황미나는 출근해서 퇴근할 때까지 짜증을 부렸다. 강지훈은 말을 한마디도 안 했고, 박종식은 자리를 내내 비웠고, 최민희는 사소한 꼬투리를 잡아 보고서 작성을 다시 시켰다. 다들 날씨의 영향을 받아서 한껏 날이 서 있었다.

김 대리는 우울해하는 직원들을 위해서 우산꽂이를 바꿨다. 우산 모양을 한 바이올렛 우산꽂이는 반응이 좋았다. 까칠이 황미나마저 새로 바뀐 우산꽂이를 보고 "예뻐."를 연발했다. 하지만 반나절도 지나지 않아 우산꽂이의 효과는 사라졌다.

"습해서 옷에서 냄새나."

황미나는 자신의 블라우스를 코에 대고 킁킁거렸다. 팀원들은 황미나의 킁킁 소리 때문에 일을 못 했다. 팀원들은 바짝 날이 선 푸줏간의 칼 같았다. 풍선이 살짝 내려앉기만 해도 뺑, 하고 터질 듯했다. 다음 날 김 대리는 제습기 두 대와 전기난로를 여러 대 구해 와서 사무실의 습기를 모두 제거했다. 사무실 공기는 한 방울의 수분도 없이 쾌적하게 건조됐다. 외투는 비닐에 넣어서 드라이어로 말렸다. 옷은 금방 보송보송 말라서 직원들에게 돌아왔다. 향긋한 꽃향기를 풍기는 새 양말이 바구니에 담겨 있었다. 예쁜 주머니에 담긴 원두 찌꺼기에서 커피 향이 솔솔 풍겼다. 사무실은 장마 전으로 돌아갔다. 팀원들은 모두 만족하며 김 대리가 내린 모닝커피를 마셨다.

장마가 끝나 가던 어느 날, 오병수는 평소보다 한 시간 일찍 출근했다. 최민희가 수정을 지시한 보고서를 아직 완성 못 해서였다. 김 대리는 벌써 사무실에 도착해 있었다. 원래라면 스포츠센터에서 운동을 가르치고 있어야 했지만 날씨 때문에 한 달간 쉬기로 했다. 제습기와 전기난로를 켜 놓은 사무실은 찜통이었다. 김 대리는 땀을 뻘뻘 흘리며 주방에서 커피를 볶고 있었다. 편안한 운동복 차림이었다. 앞머리는 아무렇게나 흘러내려 눈을 가렸다. 김 대리는 오병수를 보고 반갑게 인사를 하다가 오병수의 바짓단을 내려다봤다. 김 대리는 수건으로 바짓단의 물기를 닦아 주었다.

"내 다리 짧죠. 바보같이 보이지 않아요?"

"네, 좀 그러네요."

김 대리가 말갛게 웃으며 오병수를 올려다봤다. 오병수는 깜짝 놀라서 김 대리를 쳐다봤다. 지금껏 이렇게 솔직한 사람은 없었다. 모두 오병수를 위로하기 바빴다. 가끔 농담의 소재로 삼기도 했지만 김 대리처럼 속내를 그대로 말하는 사람은 없었다. 그런데 이상하게 오병수의 마음이 편안해졌다. 사실 사람들이 위로해 주면 해 줄수록 마음은 더 씁쓸했다. 그들이 뒤에서 뭐라고 말할까 생각하면 고통은 배가 되었다.

"김 대리, 고마워요. 그렇게 말해 줘서. 김 대리는 내 맘 알아줄 줄 알았어요."

"제가 왜 오 대리님 마음을 모르겠어요. 겉으로는 아닌 척하지만 사람들이 오 대리님을 비하하고 무시하고 업신여기는 거 다 알아요. 교양 있는 사람의 다른 말이 뭔지 아세요?"

"뭔데요?"

"수박. 겉과 속이 다르잖아요."

두 사람은 배를 잡고 웃었다.

"오 대리님, 아무 걱정 하지 마세요. 오 대리님이 원하시면 제가 도와드릴게요."

김 대리는 담담히 오병수의 바짓단을 마저 말렸다. 그러고는 다 타 버린 커피를 버리고 새로 커피를 볶았다. 두 사람은 마주 보고 앉아 갓 내린 향 좋은 커피를 마셨다. 김 대리는 아무런 말도 하지 않았다.

"정말로 김 대리가 나 도와줄 수 있어요?"

"물론이죠."

"어떻게요?"

"〈도전 임파서블〉에 출연하세요."

〈도전 임파서블〉은 신청자들의 고민을 해결해 주는 리얼리티 프로그램으로 오병수도 즐겨 보는 방송이었다. 지난주에는 산골에 혼자 사는 할머니가 심심하지 않게 이웃 주민들을 만들어 줬다. 하루아침에 강원도 산골에 마을이 생긴 것이다.

"내가 뽑힐 수 있을까?

"걱정 마세요, 오 대리님. 제가 있잖아요. 당장 오늘부터 준비해요. 오 대리님 외모 가지고 무시한 사람들 코를 납작하게 해 주자고요."

〈도전 임파서블〉은 일반인이 원하는 불가능한 미션을 연예인 MC와 각계의 전문가가 모여 해결해 주는 TV 프로그램인데, 미션을 완수하지 못하면 신청자에게 일억 원의 상금을 지급하는 방식이었다. 참가 신청서가 뽑히기만 한다면 손해 볼 일은 없었다. 미션을 완수하면 좋은 거고, 실패해도 상금으로 일억이나 받을 수 있으니 도전자들이 넘쳐났다. 부자 부모 밑에서 다시 태어나게 해 주세요. 죽은 약혼자를 살려 주세요. 배 속에 있는 아기를 쌍둥이로 바꿔 주세요. 달에서 살게 해 주세요. 이와 같은 허황한 참가 신청서도 많았다. 미션이 실패하고 신청자가 일억 원의 상금을 받아 간 첫 번째 사례는 아이돌이랑 결혼하게 해 달라는 미션이었다. 각계에서 모인 열 명의 전문가가 머리를 모았다. 온갖 치사하고 유치하고 막장 드라마 같은 방법을 동원해 일반인과 아이돌이 사랑에 빠지게 하려고 했지만 실패했다. 가장 대박이 난 미션은 '내가 사들인 남해안의 돌산에 아파트를 지어 주세요.'라는 미션이었다. 각계에서 모인 열 명의 전문가는 세계 최초로 터널형 아파트를 짓기로 합의했다. 광부들을 고용해 돌산에 구멍을 뚫고 109m^{2}의 3층 높이 아파트를 짓는 데 성공했다.

오병수와 김 대리는 매일 같이 퇴근했다. 영화를 보고 맛있는 밥을 먹고 커피를 마시며 지하철이 끊기는 시간까지 이야기를 나눴다. 오병수는 태어난 순간부터 현재까지 기억하는 모든 것을 김 대리에게 말해 주었다. 김 대리는 묵묵히 오병수의 이야기를 들었다. 이야기를 다 듣고 숙제를 내 줬다.

"다음 주까지 자기소개서를 써 오세요. 세상에서 가장 유별나고 특이하고 불운한 남자의 자기소개서를요."

오병수의 자기소개서를 읽은 김 대리의 첫마디는 이랬다.

"플롯이 없어요."

오병수가 무슨 소리냐는 얼굴로 김 대리를 바라봤다.

"플롯이 뭐예요?"

오병수가 노트를 들여다보며 말했다. 글을 쓰느라 잠을 못 자서 눈이 충혈되어 있었다.

"사건의 원인과 결과. 성격이 만들어진 원인. 성격에서 나오는 행위. 시간을 거슬러야만 파악되는 관계. 주제를 만들어 내는 씨앗. 삶을 통찰하는 안목. 한 작가의 세계관. 의미 없는 이야기를 의미 있게 만드는 것. 이게 바로 플롯이에요."

오병수의 얼굴에 '너무 어려워.'라는 표정이 역력했다.

"오 대리님은 할 수 있어요. 전 오 대리님을 믿어요."

오병수는 김 대리의 응원에 힘을 받아 다시 자기소개서를 썼다.

"드라마가 없어요."

"미니 시리즈도 아닌데 뭔 드라마?"

"오 대리님, 21세기는 드라마의 시대예요. 마스크의 시대는 벌써 지나갔다고요. 중요한 건 오 대리님의 그 괴물 같은 마스크에 어떤 드라마를 덧씌우느냐, 이거거든요. 우리가 『오페라의 유령』이나 『노트르담의 곱추』에 왜 그렇게 열광하는지 생각해 보세요. 이렇게 빈약한 드라마를 가진 사람은 결코 성공할 수 없어요."

오병수는 연차까지 쓰고 자기소개서 쓰기에 열을 올렸다.

"문장이 나빠요."

"김 대리가 드라마를 만들라고 해서 만들었잖아요. 아버지는 가출한 건데 내가 살을 붙여서 출가한 걸로 바꿨고, 엄마는 고생을 많이 해서 사십 대에 중풍을 맞았다는 것도 다 창작이라고요. 뭘 더 어쩌라는 거예요?"

"문장이 나쁘면 심사 위원들이 자기소개서를 꼼꼼히 읽지 않을 가능성이 커요. 그래서 무엇보다 문장이 중요해요. 오 대리님, 「삼포 가는 길」을 서른 번만 필사하세요. 문장이 몰라보게 좋아질 거예요."

오병수는 유일한 취미였던 게임을 끊었다. 스마트폰에는 손도 대지 않고 금주까지 하며 밤을 새워서 필사했다.

오병수의 자기소개서는 그렇게 완성되었다. 실패한 첫사랑 이야기를 메인 플롯으로 불운한 부모님의 이야기와 신체적 약점(오병수의 손가락 길이는 초등학생 평균이었다) 때문에 피아니스트의 꿈을 접어야 했던 이야기를 보조 플롯으로 자기소개서를 완성했다. 많은 부분이 창작이었다.

"이제부터는 자기소개서에 맞는 오 대리님이 되셔야 해요."

오병수는 자기소개서에 쓴 가짜 오병수가 되기 위해 피아노 연습을 피나게 했다. 김 대리는 나름대로 오병수의 거짓 과거를 지우거나 메우려고 동분서주했다. 먼저, 가출한 아버지를 찾아서 입을 막았다. 그리고 전국의 암자를 조사해 오병수의 아버지와 유사한 사람을 찾아냈다. 첫사랑도 섭외했다. 돈과 노력만 있다면 거짓 과거를 만드는 것쯤은 어렵지 않았다.

'오랑우탄 같은 제 몸을 비처럼 만들어 주세요.'라는 오병수의 사연은 제작진의 만장일치로 뽑혔다. 오병수는 육 개월 병가를 신청했다. 오병수는 미션 수행 중 사망하더라도 민형사상 책임을 묻지 않겠다는 계약서에 사인했다. 성형외과 전문의가 주축이 된 의료진 협업 팀과 모델, 조각가들로 구성된 전문가 팀이 꾸려졌다. 전문가들 의견이 둘로 갈렸다. 키 높이 수술을 통해 하체의 길이를 늘여 상, 하체의 균형을 맞추자는 전문가와 갈비뼈를 제거해 허리 길이를 줄이고 지나치게 긴 팔은 부분 절단해서 전체적으로 비율을 좋게 하자는 전문가로 나뉘었다. 열띤 토론이 밤새워 진행

되었다. 결론은 수단과 방법을 가리지 않고 오병수를 사람으로 만들자는 데 의견 일치를 보았다. 키 높이 수술을 통해 하체를 늘이고 상체를 줄이기 위해 갈비뼈를 들어내기로 했다. 긴 팔은 손대지 않기로 했다. 다리와 허리 수술로 전체적인 비율이 좋아지면 팔 길이는 크게 문제될 것이 없다는 의견이 다수였다. 작은 발은 엉덩이 살을 떼어 내어 모양을 잡고 자가지방 이식술을 시행하기로 했다. 미션 중 가장 큰 문제는 머리 크기를 줄이는 것이었다. 머리뼈는 뇌를 보호하고 있어서 쉽게 수술할 수 없었다. 결국 머리뼈를 눌러서 머리 크기를 줄여 줄 특수 헬멧을 제작하기로 했다. 수술은 성공적으로 끝났다. 오병수의 눈과 입을 제외한 온몸이 붕대로 감겼다. 방송국 관계자 이외에는 면회가 제한되었다. 병실은 물론 욕실 등 오병수의 행동반경 안에 있는 모든 거울이 치워졌다. 오병수는 육 개월 동안 총 열여섯 번 수술했다. 그중 재수술이 열세 번이었다.

오병수가 〈도전 임파서블〉 세트장에 나타났을 때 사람들은 턱이 빠지도록 입을 벌리고 다물 줄 몰랐다. 황금 비율에 근접한 오병수의 몸은 그리스의 조각상처럼 아름다웠다. 머리 크기가 줄어들면서 가늘고 긴 목이 드러났다. 오병수는 9등신에 근접한 몸을 가지게 되었다. 방송국과 인터넷과 회사가 동시에 뒤집혔다. 오병수는 패션 계열사 광고 모델로 발탁되었다. 맞선만 보면 백발백중 퇴짜를 맞던 오병수는 결혼정보회사의 최우선 영입 대상에 올랐다.

오병수의 눈이 머리 꼭대기에 가 붙는 건 당연한 결과였다. 황미나가 나긋나긋하게 "퇴근 후 칵테일 어때요?"라고 물어 왔을 때도 오병수는 숨 쉴 여지도 두지 않고 "바빠."라고 퇴짜를 놓았다. 황미나는 몸이 달라지더니 인간성도 달라졌다며 동네방네 오병수의 욕을 해 댔다. 오병수 하면 '그 사람 진국이지.'라고 말하던 사람들이 한순간에 '건방진 놈.'이라며 손가락질했다. 외모는 모자라지만 착하고 성격 좋은 사람으로 소문이 나 있던 오병수였는데 순식간에 걷잡을 수 없이 평판이 나빠졌다. 평생 누려 보지 못한 돈과 인기와 여자로 인해 오병수는 정신이 반쯤 빠졌다.

오병수의 인기가 오르자 첫사랑에 관한 관심도 덩달아 커졌다. 사람을 찾아 주는 프로그램을 통해 첫사랑을 찾기로 했다. 김 대리와 오병수는 급하게 가짜 첫사랑에게 연락했다. 첫사랑은 재연 전문 배우였다. 방송국의 공채 탤런트로 입상했지만, 단역을 전전하다가 재연 전문 배우가 되었다고 했다. 첫사랑은 방송 출연 후 아침 드라마의 주연을 꿰차는 행운을 누렸다. 유명 여성지 기자는 오병수의 아버지를 찾는 특종을 터트렸다. 남해의 작은 암자에서 수행 중인 오병수의 아버지는 "몸은 몸이고, 똥은 똥이고, 아들은 아들이요."라는 말을 하면서 오병수를 만날 생각이 없음을 분명히

했다. 얼마 후, 아버지의 일기가 책으로 출판되었고 바로 베스트셀러 목록에 올랐다. 오병수는 아침 프로그램에서 피아노 연주를 해서 인기에 불을 지폈다. 인기가 하늘 높은 줄 모르고 치솟으면서 오병수의 오만방자함도 덩달아 날뛰었다. 오병수는 무단결근을 수시로 하더니, 결국 잔소리하는 최민희의 얼굴에 사표를 집어던지고 사라졌다.

오병수는 강남으로 집을 옮겼다. 집을 살 만큼 돈이 없어서 보증금 삼천만 원에 육백오십만 원 월세로 들어갔다. 유명 기획사 대표의 권유가 있었다. 연예인이 쪽팔리지 않으려면 이 정도 집에서 살아야 한다는 것이 그의 논리였다. 오병수는 미래의 동료 연예인에게 쪽팔리지 않게 외제 차를 리스하고, 한 벌에 오륙백만 원씩 하는 디자이너 맞춤 양복을 입었다. 대표는 봉준호 감독의 다음 영화 주인공으로 밀어 보겠다며 홍보비를 받아 갔다. 또 대표는 CF 감독을 만나러 간다며 밥값을 받아 갔고, 방송국 PD가 보잔다며 술값을 받아 갔다. 얼마 후 대표는 오병수가 사는 강남 아파트 보증금을 빼서 감쪽같이 사라졌다. 오병수는 유명 기획사를 찾아갔다. 유명 기획사 대표를 사칭한 사기꾼에게 속았다는 것을 알게 되었다. 사기꾼이 오병수의 이름으로 불법 대출을 받고, 수십 장의 카드를 만들어서 카드깡을 했다는 것은 한참 후에 밝혀졌다. 오병수는 알거지에 빚쟁이가 되었다. 오병수는 미처 알지 못했지만, 그때 벌써 오병수의 몸은 어느 정도 변해 있었다. 매일 조금씩 눈에 보이지 않을 만큼 미세하게 머리통은 커지고 다리 길이는 줄어들고 허리는 길어지고 있었다.

오병수를 구원해 줄 사람은 이 세상에 김 대리밖에 없었다. 한 번만 더 도와달라고 오병수는 눈물 콧물 다 쏟았다.

"방법이 없어요."

김 대리는 차가웠다. 오병수가 수술을 받을 수 있기까지 김 대리의 역할이 무엇보다 컸다. 그런데 오병수는 김 대리에게 고맙다는 말 한마디 하지 않았다. 광고를 찍고 받은 팔천만 원도 혼자 꿀꺽했다. 김 대리는 평소와 다르게 냉랭했다.

'김 대리도 사람인데 섭섭한 게 당연하지.'

오병수는 봉투를 꺼내 김 대리 앞에 내밀었다. 마지막 재산인 소나타를 급매로 팔아서 구한 돈이었다. 김 대리는 봉투를 오병수 쪽으로 밀었다. 돈이 적어서 그런가. 오병수는 뜨끔했다. 김 대리라면 봉투를 열어 보지 않고도 액수를 알 것 같았다.

"한 가지 방법이 있긴 한데요."

김 대리가 잔뜩 뜸을 들이며 이야기를 시작했다.

"위험할 수도 있어요."

"뭔데요? 내가 지금 찬밥 더운밥 따질 때가 아니잖아요. 방법만 있다면 뭐든 못 하겠어요. 김 대리가 죽으라면 죽을 수도 있어요."

"그래요? 그럼, 약을 먹어요."

김 대리는 백팩에서 검은 봉지를 꺼냈다. 검은 봉지 안에는 껌 통이 들어 있었다. 껌 통을 열었더니 흰색, 보라색, 노란색, 초록색 알약이 가득 들어 있었다.

"진짜 죽으라고?"

오병수는 막상 죽으려니 억울했다. 결혼도 못 했고, 연애라도 진하게 해 봤더라면 이렇게 억울하지는 않았을 것이다. 오병수는 아직 숫총각이었다.

"이 약 한꺼번에 먹어도 안 죽어요. 한 이틀 푹 잘 뿐이니까 걱정 하지 마세요. 소주 열 병을 사 들고 요 앞에 있는 엔조이 모텔에 방 을 잡으세요. 모텔에 들어가서 유서를 쓰세요. 자기소개서 쓸 때 처럼 완벽한 플롯에 드라마가 살아 있는 아름다운 문장의 유서여 야 해요. 유서는 테이블 위에 잘 보이게 놓아요. 그다음이 중요해 요. 세 시간 동안 소주 한 병을 마셔요. 다섯 병은 변기에 버리고 한 병은 바닥에 쏟아요. 나머지 술병은 비닐봉지 속에 그대로 두고 요. 저한테 자살을 암시하는 문자를 남기고 약을 먹어요. 몇 십 알 은 여기저기 흘려 놓고요. 오 대리님은 병원에서 한 일주일 푹 쉬 다가 나오세요. 일은 완벽하게 마무리되어 있을 거예요."

"그렇게만 하면 정말 다 되는 거예요?"

"오 대리님 저 못 믿으세요?"

김 대리의 말에 가시가 돋쳤다. 나는 너를 이렇게까지 생각해 주는데 너는 뭐냐, 하는 표정이었다. 오병수는 한없이 김 대리에게 고마웠다.

"김 대리, 미안해요. 내 생각이 짧았어요."

오병수는 김 대리가 시키는 대로 모텔을 잡았다. 그리고 유서를 작성했다. 오병수의 유서는 반전이 있는 드라마 플롯이었다. 처음, 중간, 끝이 명확했고, 유서를 다 읽고 나면 카타르시스를 경험할 정도였다.

다음 날 실시간 검색어 1위에 '오랑우탄 남자 자살'이 올랐다. 유서의 전문이 같이 올라왔다. 유서를 읽기 전에 사람들은 오병수를 이렇게 생각했다.

'생쇼를 해라. 얼굴 좀 반반해지더니 막가는구나. 내가 이럴 줄 알았어. 아무나 연예인 하냐.'

유서를 읽은 사람들은 오병수를 이렇게 생각했다.

'불쌍하다. 어쩜 나랑 똑같잖아. 착한 사람들은 왜 항상 당하기만 할까. 만나서 힘내라고 말해 주고 싶다.'

장가나 한번 가 보자는 욕심으로 〈도전 임파서블〉에 출연해 '완소남'으로 등극하고 전 국민의 사랑을 받았지만, 꽃뱀과 사기꾼에게 걸려 돈도 꿈도 모두 날려 버린 오병수는 이 시대에 찾아보기 힘든 '순수남'으로 미화되어 있었다.

'너무 착해서 당한 거예요. 이 시대 최고의 순수남. 착한 건 죄가 아니잖아요. 오랑우탄 오빠 울린 나쁜 놈을 사이버 수사대를 동원해 빨리 찾아야 함. 오빠, 힘내요. 파이팅!'

오병수를 응원하는 댓글 수만 개가 순식간에 올라왔다. 네티즌 수사대가 출동했고 제보가 잇따랐다. 사기꾼은 부산의 한 호텔에서 잡혔다. 갈취한 돈은 도박으로 거의 날린 후였다. 오병수는 경찰을 통해 쓰다 남은 삼천여만 원의 돈을 받았다. 그 돈으로 허름한 옥탑방을 구할 수 있었다.

오병수의 사표는 김 대리의 손에 있었다. 김 대리가 최민희를 설득해 잠시 보관하고 있었다. 오병수가 다시 출근했을 때, 최민희와 황미나를 비롯한 홍보 팀 팀원들은 그 자리에서 오병수를 용서했다. 농구공만 한 머리, 어깨와 붙어 있는 목, 무릎까지 내려오는 팔, 긴 허리, 짧은 다리, 조막만 한 발. 오병수는 수술 전과 똑같이 변해 있었다. 달라진 것이 있다면 전체적인 크기였다. 188cm였던 신장이 165cm까지 줄었다. 오병수의 키는 자꾸만 줄어들었다. 자고 나면 2, 3cm가 줄어 있었다. 자꾸만 작아지는 오병수가 걱정된 홍보 팀 팀원들은 돈을 모아 오병수를 병원에 입원시켰다. 2박 3일 동안 온갖 검사를 다 받은 후 오병수에게 내려진 진단은

'성인소인병'이었다. 성장기에 있는 어린이들이 성장 촉진 호르몬이 결핍되어 성장이 정지되는 소인병과 달리, 성인소인병은 성장이 멈춘 성인이 알 수 없는 이유로 몸이 줄어드는 병을 일컬었다. 오병수의 병은 전 세계적으로 유례를 찾아볼 수 없이 희귀했다. 오병수의 병을 처음으로 진단한 내분비계 전문의는 자신이 명명한 성인소인병을 《사이언스》지에 발표했다. 많은 의사가 오병수를 연구하고 싶어 했다. 오병수는 마루타 역할을 하면서 병원에서 돈을 받았다. 연휴가 길거나 휴가 때면 세계 각지로 날아가서 의사와 과학자들을 만났다. 연예인들이 지방 행사를 뛰는 것과 같았다. 오병수는 그렇게 엄청난 액수의 빚을 조금씩 갚아 나갔다. 다행히 오병수의 키는 95cm에서 멈추더니 더는 줄어들지 않았다. 김 대리는 영화사에서 소품을 담당하는 친구에게 부탁해 제작한 60cm 길이의 스프링 형태의 인조 다리를 오병수에게 선물했다. 오병수는 자신의 신체에 불만이 없었다. 키가 더는 줄어들지 않는 것이 유일한 소원이었다.

미스터리 드림 팀 출범

홍보 팀에서 가장 똑똑하다고 자부하는 황미나는 김 대리의 사망 미스터리를 캐기로 했다. 우선 강지훈을 끌어들였다. '뇌섹남'인 강지훈이 꼭 필요했다. 물대포를 맞은 게 살짝 걱정되긴 했지만, 그 머리가 어디 가겠나 싶었다. 멍하게 넋을 놓고 있던 최민희도 합세했다. 이제 겨우 충격에서 빠져나와 제정신이 돌아왔다. 최민희의 각오도 비장했다.

"김 대리가 나한테 어떤 직원이었는데, 김 대리를 사지로 몰아넣은 운전자 놈을 내가 꼭 잡고 말 거야."

"최 과장님, 교통사고는 부검하지 않아요. 고로 김 대리는 교통사고로 죽지 않았다는 거죠. 그리고 한 가지 더. 놈인지 년인지 아직은 몰라요."

황미나는 경우의 수를 논하며 남자일 확률이 아직 50%밖에 안 된다고 짚었다.

"오 대리님도 우리와 함께하는 거죠?"

황미나의 한마디에 오병수는 간이라도 빼 줄 듯 열성적으로 변했다. 그때 이희진이 사무실에 뛰어 들어왔다.

"교통사고 아니라면서요?"

"그게 알고 싶으면 희진 씨도 미스터리 드림 팀에 합류해요."

"아직 걸레질 못 했는데요."

이희진은 빈손을 내려다봤다. 걸레를 어디에다 뒀는지 기억이 나지 않았다.

"지금 걸레질이 문제가 아니에요. 그딴 건 잊어버려요."

황미나가 시원하게 말했다. 이희진은 더는 생각할 것도 없이 고개를 끄덕였다.

"뭐부터 할까요?"

전사처럼 말하는 이희진을 보고 다들 웃음보가 터졌다. 김 대리의 사망 소식을 듣고 나서 처음으로 터진 웃음이었다.

이렇게 해서 김 대리의 죽음에 얽힌 미스터리를 풀 드림 팀이 완성되었다. 이들은 최근 김 대리의 행적을 살펴보던 중 한 가지 의문점을 발견한다. 김 대리는 바리스타 자격증을 딸 만큼 커피를 좋아했다. 홍보 팀 직원들을 위해 매일 아침 커피콩을 볶아 신선한 원두커피를 뽑았다. 본인도 매일 아침 갓 볶은 커피를 마시는 것이 큰 행복이라고 말했다. 김 대리는 원두커피뿐만 아니라 자판기 커피도 잘 마셨다. 오전에 한 잔, 오후에 한 잔, 하루에 최소 두

잔은 마시는 것 같았다. 아메리카노는 수시로 물처럼 마셨다. 그러던 김 대리가 얼마 전부터 커피를 딱 끊었다. 출근해서 퇴근할 때까지 한 잔도 마시지 않았다. 왜 커피를 마시지 않느냐고 직원들이 물었을 때 "약 먹고 있어요."라고 대답했다. 팀원들은 대수롭지 않게 넘겼다. 커피를 워낙 좋아했기에 역류성 식도염이라도 걸렸나 생각했다. 오병수는 지난달에 있었던 회식 자리에서 김 대리가 술을 한 잔도 마시지 않았던 것을 떠올랐다. 회식 자리의 분위기 메이커였던 김 대리가 술을 안 마시는 경우는 드문 일이었다. 만취할 정도로 마시진 않지만 분위기가 깨지지 않게 적당히 마셨다. 직원들이 김 대리에게 어디가 어떻게 아프냐고 물었더니 정확하게 대답하지 않고 "그냥 조금 안 좋아요."라며 웃어넘겼다. 그렇다면……? 팀원들은 서로 눈치를 보다 이구동성으로 외쳤다.

"불치병!"

김 대리는 28주 1.5kg의 미숙아로 태어났다. 28주의 아기들은 근력이 발달하고 신경계의 움직임이 활발해지고 피하지방이 늘어 몸이 통통해진다. 배내털이 거의 빠진 상태로 눈꺼풀도 완전히 만들어지고 눈동자도 완성되어 눈을 뜨기 시작한다. 하지만 아직은 엄마 배 속에서 더 자라야 할 시기였다. 28주, 김 대리는 준비도 없이 세상에 태어났다. 폐 기능이 불안정해 태어나자마자 엄마 품을 떠나 인큐베이터에 들어갔다. 김 대리는 인큐베이터 안에 다양한 의료기기들과 함께 뉘어졌다. 이불처럼 커다란 일회용 기저귀를 차고 힘없이 꿈틀거렸다. 죽을 고비를 몇 번이나 넘기고 큰 수술을 여러 번 했다. 태어난 지 백 일 만에 인큐베이터에서 나와 집에 왔지만, 건강은 좋지 못했다. 잔병치레가 많아 약을 달고 살았다. 김 대리는 그 후로도 수술대에 여러 번 올랐다. 처음으로 받은 수술은 미숙아 망막 병증 수술이었다.

최민희가 물었다.

"잠깐, 미숙아 망막 병증이 뭐야?"

황미나가 대답했다.

"인큐베이터에 오래 있으면 걸리는 눈병 있어요."

오병수는 신기해서 물었다.

"눈병으로 수술을 해요?"

최민희가 다그쳤다.

"황 대리, 확실해?"

"제가 아는 친구 언니가 미숙아를 낳았는데 인큐베이터에 오래 있다 보니까 그 뭐냐, 산소가 부족해서 눈병이 생겼는데, 하여튼 미숙아 망막 병증으로 수술했어요."

"그러니까 그게 과학적으로 확실히 입증된 게 맞는 거지?"

"과학적으로요? 과학이라면 제가 잘 못했던 과목인데, 글쎄요……."

"검색해 볼게요."

강지훈이 컴퓨터를 켰다.

"보육기 안에서 산소 치유를 받은 미숙아에게 발생하기 쉬운 눈병. 미숙한 망막 혈관이 동맥혈 산소 농도의 상승에 이상 반응을 보여 약시가 되거나 실명하는 따위의 시력 장애를 나타낸다고 되어 있는데요."

"김 대리 약시 아니잖아?"

"김 대리님 눈 좋았죠. 멀리 있는 것도 잘 보고요."

"그럼, 미숙아 망막 병증은 빼죠."

황미나는 한발 뒤로 물러났다.

"그 후로도 수술대에 여러 번 올랐다는 부분은 전부 빼도록 해."

최민희가 말했다. 황미나는 신경질적으로 자판을 두들겨 글자를 지웠다.

어린 시절 김 대리는 밖에서 뛰어놀기보다 병원 침대에서 더 많은 시간을 보냈다. 그러한 현실에도 굴하지 않고 꿈을 이루기 위해 열심히 노력한 덕분에 원하던 회사에 입사하게 되었다. 그러나 운명은 김 대리를 놓아주지 않았다. 운명의 쳇바퀴가 돌아가듯 김 대리의 앞날에 먹구름이 끼기 시작했다. 건강이 갑자기 나빠지게 된 것이다. 업무 스트레스도 한

묷했다. 김 대리의 부모는 회사를 그만두고 치료에 전념하기를 바랐지만 김 대리는 굴하지 않고 꿋꿋이 회사에 다녔다. 화장실에서 남몰래 진통제를 한 주먹씩 먹고 아무렇지도 않은 듯이 모든 업무를 완벽하게 처리했다. 그뿐만 아니라 다른 직원들이 알아차리지 못하도록 항상 미소를 잃지 않았다. 김 대리는 그렇게 조금씩, 조금씩, 죽어 갔던 것이다.

'아! 눈물이 나올 것 같아.'

황미나는 자신이 쓴 글을 보고 탄식했다.

"황 대리님은 천재예요."

"희진 씨도 그렇게 생각해요? 우리 통하는데."

친자매처럼 서로를 바라보는 두 사람의 눈에 사랑이 가득했다. 황미나와 이희진은 자신들이 만든 시나리오에 완벽하게 빠져들었다.

드림 팀은 의견 일치를 보지 못했다. 최민희와 강지훈은 김 대리를 불치병으로 몰기에 증거가 부족하다고 주장했다. 황미나와 이희진은 당연히 그럴 수 있다는 견해였다. 오병수는 이도 저도 아닌 모호한 태도를 보였다.

"이래서 팀을 짤 때는 홀수로 짜는 거예요. 다수결의 원칙을 따라야 하니까요."

황미나가 오병수를 노려보며 말했다. 오병수는 찔끔 놀랐다.

"나도 황 대리 의견에 한 표 찍을게요. 얼마든지 그럴 수 있거든요. 불치병."

드림 팀은 업무를 분담하기로 했다. 이희진에게는 사거리 병원 타운에 가서 김 대리가 무슨 약을 먹었는지 알아내는 일이 맡겨졌다. 황미나는 문서 저장실에서 김 대리의 입사 지원서를 찾는 일이, 최민희는 김 대리의 건강검진 확인서를 구해 오기로 했다. 강지훈은 김 대리의 이메일을 해킹하기로 했고, 오병수는 시키지도 않았는데 김 대리의 학창 시절을 캐 보겠다고 했다. 팀원들은 꿀을 따기 위해 벌집을 떠나는 꿀벌들처럼 비장한 얼굴을 하고 흩어졌다.

황미나는 진땀을 빼는 중이었다. 지하 9층에 있는 문서 보관창고는 지키는 사람도 없이 사과만 한 자물쇠가 채워져 있었다. 몇 년 전 최신식으로 지은 새 건물에 카드 키가 아닌 자물쇠라니, 뭔가 잘못돼도 한참 잘못됐다. 열쇠를 찾느라 한바탕 소동을 벌인 뒤라 예민해진 황미나는 건물 설계자를 욕하다가, 회장을 욕하다가, 시스템을 욕하다가, 마지막에는 갑자기 죽어서 불필요한 고생을 시키는 김 대리를 욕했다.

문서 보관창고 문은 불필요하게 크고 높아 중세 시대에나 어울릴 것 같았다. 대형 금고라도 만들려고 했던 것일까? 문의 무게는 몇백kg은 족히 되어 보였다. 문을 열고 안으로 들어서자, 자이로 드롭에서 떨어질 때처럼 가슴이 턱 하고 막히면서 숨을 쉴 수가 없었다. 기둥 모양의 햇살을 따라 떠다니는 먼지들은 단세포 동물 같았다. 지하 9층에 햇살이라니. 잃어버린 고대 도시를 발견한 것 같았다. 영화라도 찍는 기분이었다. 황미나는 지하 1층부터 지하 8층까지 모든 층을 다녀봤지만, 햇살이 들어오는 곳은 단 한 곳도 없었다. 지하 1층에는 식당과 휴게실이 있고, 지하 2층은 스포츠 센터, 지하 3층은 영화관과 서점, 지하 4층은 클럽과 바가 있고, 지하 5층부터 지하 8층까지는 주차장으로 쓰였고, 마지막 층인 지하 9층이 문서 보관창고였다.

실내에는 뒷골목 여인숙 화장실에서나 맡을 법한 구리고 매캐한 냄새가 가득했다. 내부는 중앙을 중심점으로 해서 책장이 원을 그리듯이 배치되어 있었다. 여섯 겹의 책장은 한 치의 오차도 없이 완벽한 배열을 이루고 있었다. 책장마다 서류들로 가득 차 있었다. 미처 정리하지 못한 서류들이 상자째 한쪽 귀퉁이에 쌓여 있었다. 책꽂이마다 팻말이 붙어 있어 연도를 쉽게 찾을 수 있게 되어 있었다.

"1961년이면 회사가 창립된 해잖아."

황미나의 입에서 놀람과 감탄으로 혼잣말이 튀어나왔다. 서류는 소각되지 않고 모두 이곳에 모아져 있었다. 김 대리의 입사 년도 신입 사원 서류는 상자에 담겨 있었다. 청 테이프로 몇 겹을 에워싼 상자를 앞에 두고 잠깐 고민했다. 칼을 가지러 사무실로 갈까 생각했지만 시간도 없고 귀찮았다. 황미나는 긴 손톱을 세워 청 테이프를 벗겼다. 한 겹, 두 겹, 제기랄. 검지 손톱이 부서졌다. 상자는 김 대리의 비밀을 고스란히 간직한 채 끝내 입을 열지 않을 태세였다. 그러나 얼마 지나지 않아 황미나에 의해서 찢어발겨졌다. 누렇게 변색된 서류는 낡은 먼지를 뒤집어쓰고 있었다. 서류를 한 장씩 넘길 때마다 먼지가 풀풀 날렸다. 먼지는 고스란히 황미나의 코로 들어왔다. 어려서부터 비염 기가 있던 황미나는 연속해서 재채기를 했다. 조금 전부터 자꾸 볼에 손이 갔다. 황미나의 볼은 겨울철 온종일 밖에서 뛰어노는 아이처럼 빨갛게 달아올랐다. 새카만 먼지가 머리 위에 내려앉았다. 황미나는 굴뚝에 있다가 나온 것처럼 먼지를 뒤집어썼다.

김 대리의 서류는 쉽게 발견되지 않았다. 머릿속은 당장 이곳을 박차고 나가고 싶은 생각들로 가득 찼지만 진실을 밝히고 말겠다는 의지가 더 강했다. 다섯 번씩 연속으로 나오는 재채기만 멈춰도 살 것 같았다. 다시 손톱을 세워 다른 상자를 뜯었다. 서류를 뒤지는 일은 지루하게 이어졌다.

황미나는 결국 자신의 노력에 합당한 결과물을 손에 넣게 되었다. 그것은 김 대리의 입사 지원서였다. 이력서와 졸업 증명서, 성적 증명서, 자격증 사본이 딸려 나왔다. 자격증 사본은 족히 열 장은 되어 보였다.

"벨리 댄스 전문가 자격증?"

'근데, 남자도 벨리 댄스를 하나?'

황미나는 고개를 꺄웃하며 자신의 배를 씁쓸하게 내려다봤다. 다른 신체 부위는 다 자신 있지만, 올챙이처럼 볼록하게 튀어나온 배는 큰 스트레스였다. 벨리 댄스를 안 해서 배가 이 모양인가 싶었다.

"김 대리 복근이 아주 예술이었지."

김 대리가 진행하는 아침 운동에 몇 번 참여한 적이 있었다. 그때 본 김 대리의 탄탄한 복부가 생각났다. 초콜릿 복근을 손가락으로 누르면 살이 쏙 들어가는 게 아니라 손가락이 픽 꺾일 것 같았다. 배 속에 지방이라고는 1g도 없이 근육으로만 가득 차 있는 듯이 보였다. 섹시한 김 대리의 복근은 PT만으로 이뤄진 게 아니었다. 울퉁불퉁 거칠기만 한 것이 아닌 그리스 조각상처럼 아름답기까지 한 김 대리의 복근 비밀은 바로 벨리 댄스였다.

"별 자격증을 다 땄어."

피부관리사, 정보처리기사, 속기사, 심리상담사, 공인중개사, 강아지변관리사, 동전모양카드점설명사, 나무대화상담사, 장례관리사 자격증까지 있었다. 황미나는 혀를 내둘렀다. 김 대리의 자기소개서는 분실되고 없었다. 입사 지원서 사진 속의 김 대리는 생전의 그처럼 활기차고 아름다워 보였다.

"무슨 남자가 여자보다 더 예쁘고 난리야."

김 대리는 그녀가 즐겨 읽는 웹소설 속 남자 주인공의 외모를 꼭 닮았다. 그것이 묘하게 불쾌했다. 사진 속 김 대리의 서글서글한 눈을 손톱으로 꼬집었다. 날렵한 턱선을 손톱으로 팠다. 유난히 붉은 입술은 손톱으로 꾹꾹 눌렀다. 얼마 지나지 않아 가로 3cm, 세로 4cm의 작은 증명사진은 조각조각 형체를 알아볼 수 없게 되었다.

황미나는 찾고자 했던 것을 찾지 못해 화가 났다. 이런 더러운 곳에서 한 시간이나 고생했는데 아무것도 없이 떠나자니 속에서 열불이 났다. 실내화 앞코 부분의 스타킹에 작은 구멍이 나 있었다. 엄지발톱이 얼얼했다. 손톱이 부러졌을 때 화가 머리끝까지 치밀어 자신도 모르게 상자를 냅다 걷어찬 것이 원인이었다.

'이러다 발톱 빠지는 거 아냐?'

황미나는 속으로 중얼거렸다. 이왕 이렇게 된 거 자신의 입사 지원서를 찾아야겠다고 마음먹었다. 김 대리의 서류를 찾을 때보다 덜 힘들었다. 시간도 반밖에 안 들었다. 지나간 서류를 찾는 데 도사가 된 것 같았다. 황미나는 감격 어린 눈으로 자신의 입사 지원서를 바라보았다. 지나간 모든 것들은 소중하기 마련이었다. 시간의 굴절은 그렇게 사람을 놀려먹었다. 흘러간 모든 시간이 주마등처럼 스치고 지나갔다. 고등학교 때부터 이 회사를 꿈꾸며 죽어라 공부만 했다. 합격 통보를 받고 심하게 두근거리기 시작한 심장이 다음 날까지 계속 뛰어 병원에 갔을 정도였으니 그 기쁨은 말로 다 표현하지 못할 것이다. 정말 멋있는 커리어 우먼이 되리라 다짐했는데 이제는 퇴근 시간만 기다려졌다. 황미나는 김 대리의 입사 지원서와 자신의 입사 지원서를 챙겨 들고, 거미줄에 새카맣게 붙은 하루살이와 원기둥 모양의 햇살과 쿰쿰한 냄새가 코를 찌르는 곳에서 탈출할 수 있었다.

진료 확인서를 찾아라

최민희는 전화기를 붙들고 씨름했다. 회사에서 매년 하는 건강 검진 결과는 본인만 볼 수 있다는 답변이 돌아왔다. 최민희는 힘만 빼고 아무것도 알아내지 못했다. 그때, 시동생의 손윗동서가 국민건강보험공단에서 매점을 한다는 이야기가 떠올랐다. 시동생을 통해 손윗동서에게서 국민건강보험공단 인천 지부에서 사무를 보는 직원의 전화번호를 받았고, 그에게서 국민건강보험공단 전화 상담사로 일하는 친구의 전화번호를 받았다. 그런데 뭔가 이상했다. 전화번호가 '010'이 아니라 '1588'로 시작되었다.

"지금은 통화량이 많아 연결이 지연되고 있습니다. 다음에 다시 걸어 주십시오."

옥상 흡연실에 가서 담배를 한 대 피우고 내려와 다시 전화를 걸었다. 열 번 넘게 걸어서 겨우 연결이 되었다. 주민등록번호를 누르라고 했다. 최민희는 누구 주민등록번호를 누를까 고민했다. 예고도 없이 전화가 끊겼다. 최민희는 당황했다. 그리고 화가 났다. 시간이 지나자 진정이 되었다. 최민희는 처음부터 다시 시작했다. 고등학교를 졸업하고 다시 고등학교 과정을 공부하는 심정이었다. 타임머신을 타고 재수 시절로 돌아간 듯 마음이 안 좋았다. 겨우 다시 전화가 연결되었다. 최민희는 실수 없이 ARS에서 시키는 대로 번호를 눌렀다. 이번에는 실수가 없었다. 재수 시절과 같았다. 어쩌면 최민희는 같은 실수를 두 번 하지 않는 사람인지도 모르겠다. 그렇다면 결혼도 한 번 더 하면 좋지 않을까? 남편 생각을 하다가 최민희는 화들짝 놀랐다. 주민등록번호를 누르는 단계였다. 최민희는 망설임 없이 인사 기록에 적힌 김 대리의 주민등록번호를 눌렀다.

"고객님, 무엇을 도와드릴까요?"

전화 상담사가 물었다.

"이혜자 씨를 좀 바꿔 주세요."

상담사는 이혜자가 누군지 몰랐다. 최민희는 전화 상담사로 근무하는 여자라고 했다. 이 전화로는 직원을 바꿔 주지 않는다는 대답이 돌아왔다. 사무실로 전화를 다시 걸라고 했다. 사무실 전화번호를 물었더니 상담사는 사무실 전화번호를 알려 줄 수 없다고 했다. 114에 전화를 걸어 물어보라고 했다. 최민희는 전화를 끊고 114에 전화를 걸어 국민건강보험공단 사무실 전화번호를 물었다. 안내된 전화번호는 최민희가 아는 번호였다. 최민희는 114에 다시 전화를 걸었다. '1588'로 시작되는 번호 말고 '02'로 시작되는 전화번호를 가르쳐 달라고 했다. 다른 번호는 등록되어 있지 않았다. 그 후로도 지루하게 전화를 계속 걸었다. 최민희는 이해할 수 없었다. 이놈의 시스템은 기술이 진화할수록 고객이 편해지는 것이 아니라 괴로워졌다. 고객의 돈으로 만든 시스템이 말이다. 아날로그가 그립기만 했다. 기계음을 더 듣다가는 멀미가 날 것 같았다. 도대체 왜? 기계음은 모두 똑같은가. 최소한 음색만이라도 달라져야 하는 것이 아닐까. 사람의 목소리가 듣고 싶었다. 최민희는 당장 전화기 속으로 뛰어들어 가 '책임자 나와!'라고 소리치고 싶었다. 어쨌든 최민희는 천신만고 끝에 사무실 전화번호를 알아냈다. 젊은 남자가 바로 받았다.

"이혜자 상담사 좀 바꿔 주세요."

최민희가 말했다. 젊은 남자는 어이가 없는지 헛웃음을 쳤다.

"상담사가 천 명이 넘는데 제가 무슨 수로 이혜자 씨를 찾아 바꿔 주겠어요."

전화는 그렇게 끊겼다. 옆에서 컴퓨터를 하던 강지훈이 보다 못해 한마디 했다.

"과장님, 그러지 마시고 인사팀장을 찾아가세요. 학교 선배잖아요."

최민희는 인사팀장에게 제일 처음 전화했었다. 인사팀장은 냉정하게 안 된다고 말했다.

"전화로 부탁하니까 그렇죠. 직접 찾아가서 살짝 물어보세요."

최민희는 자리에서 일어섰다. 빈손으로 가도 되는지 확신이 서지 않았다. 김 대리가 있었더라면 예쁘게 포장한 머그잔이라도 챙겨 줬을 텐데. 김 대리는 캐비닛 가득히 선물과 포장지를 넣어 놨었다. 급하게 필요할 때가 있다는 이유에서였다. 선물을 사는 비용은 홍보 팀 직원들이 매달 십만 원씩 내는 회비에서 충당했다. 회비는 김 대리가 관리했는데 대부분 먹거리를 사는 데 쓰는 듯했다. 최민희도 엄연히 캐비닛 안의 선물에 지분이 있었다. 최민희는 캐비닛을 열었다. 캐비닛 안에는 향이 다 날아간 방향제, 손잡이가 떨어져 나간 머그잔, 타다 만 향초, 먹다 남은 쿠키가 굴러다녔다.

'도둑이라도 든 건가?'

최민희는 결국 빈손으로 인사팀장을 찾아갔다. 십 분 후, 최민희는 빈손으로 돌아왔다. 얻은 것이 없지는 않았다. 건강검진 결과지는 본인에게 우편으로 발송되기 때문에 결과는 아무도 알 수 없다는 사실을 인사팀장이 친절하게 알려 주었다. 그런 사실을 아까 전화상으로 진작 알려 줬으면 이 바보짓을 하진 않았을 것이다.

김 대리가 있었으면 이런 헛고생은 하지 않았을 텐데. 말만 하면 당장 알아봐 줬을 것이다. 한 가지 의문이 들었다.

'내가 언제부터 이렇게 멍청해졌지?'

자타공인 나름 똑똑하다고 자부하며 사십 년을 살아왔다. 단순히 공부만 잘한 것이 아니라 아이디어도 많았고 눈치도 빠르고 머리도 잘 돌아간다는 소리를 자주 들었다. 오 년 전만 해도 괜찮았다. 오 년 전이라면 김 대리가 갓 입사했을 때였다. 마흔을 목전에 두고 있었고 시댁의 임신 압박이 심하던 시기였다. 최민희가 혼자 휴게실에 앉아 자신의 배에 착상 주사를 놓고 있으면 김 대리가 따뜻한 생강차를 타 왔다. 그러고는 걱정스럽게 이렇게 말했다.

"시험관 시술을 많이 하면 뇌가 퇴화한대요. 과장님이 있어야 아기도 있는 거예요. 전 과장님이 자신을 좀 더 사랑하셨으면 좋겠어요."

김 대리의 말처럼 역시 시험관 시술이 몸에 무리가 많이 갔나 보다. 최민희는 예전 생각을 하며 이미 퇴화해 버린 머리를 톡톡 쳤다.

이희진은 점심도 먹지 않고 사거리에 있는 가정의학과로 가기 위해서 사무실을 빠져나왔다. 광화문은 재난 영화의 한 장면처럼 변해 있었다. 한 무리의 의경들이 방패를 타고 시청 쪽으로 떠내려갔다. 집회 참가자들은 수영해서 경복궁 쪽으로 올라갔다. 수영하다가 지친 사람들은 이순신 동상에 올라가서 쉬었다. 이희진은 난감했다. 사거리까지 갈 방법이 없었다. 그때 저만치서 황소 한 마리가 헤엄을 쳐서 이희진 앞으로 왔다. 황소는 고개만 물 밖으로 내밀고 있었다. 황소 등에 올라탄 중년 남자가 이희진에게 물었다.

"태워 드릴까요?"

"황소가 수영도 해요?"

"모르셨어요? 원래 황소가 물을 좋아해요."

이희진은 황소를 타고 무사히 병원 건물까지 갈 수 있었다. 이희진을 태워 준 황소는 세종대왕 동상 쪽으로 멀어져 갔다.

이희진은 가정의학과가 있는 층을 올려다보았다. 김 대리를 포함한 홍보 팀 직원들 모두가 점심시간을 이용해 그 병원에 다녔었다. 이희진은 먼저 약국으로 갔다. 김 대리의 약제 처방전을 확인해야 했다. 약사는 이희진의 말을 끝까지 듣고 있을 시간이 부족했다. 직장인이 고객의 80%를 차지하고 있는 약국의 점심시간은 세쌍둥이의 수유 시간만큼 정신없었다. 약사가 까딱 잘못했다가는 귀청이 찢어지는 직장인들의 비명 포탄을 맞을 수 있었다. 점심시간은 짧고 할 일은 많았다.

"김 대리 있잖아요. 키 크고 몸 좋고 항상 웃는 남자분요. 호감형이라 한번 보면 절대 못 잊는 외모잖아요. 김 대리 아시죠?"

이쯤 얘기한 것도 길게 한 것이다. 그나마도 약사는 이희진의 말을 제대로 알아듣지 못했다. 약사는 금세 이희진의 존재를 잊어 버렸다. 보조 약사는 컴퓨터 앞에서 처방전 내용을 타이핑하느라 바빴다. 이희진은 한쪽 구석에 앉아 점심시간이 끝나기를 기다렸 다. 사람들이 썰물처럼 순식간에 빠져나갔다. 이희진이 약사에게 사정 얘기를 했다. 약사는 단호히 안 된다고 말했다. 이희진은 곧 울음이 터질 듯한 표정을 하고 의자에 앉았다. 약사는 가운을 벗 고 외투를 걸쳤다. 보조 약사의 "점심 맛있게 드시고 오세요."라는 인사가 장송곡처럼 들렸다. 장송곡에 맞춰 이희진의 배에서 꼬르 륵 소리가 들렸다. 이희진은 몸을 잔뜩 움츠렸다. 보조 약사는 이 희진에게 관심이 없었다. 아니, 이희진이 약국에 있는 것을 모르 는 듯했다. 보조 약사는 화장을 수정했다. 쿠션 팩트에 있는 거울 을 보고 웃으면서 윙크를 했다. 얼굴 근육이 풀어지게 다양한 표 정을 지어 보였다. 푸우후, 입술을 털었다. 가수가 무대에 오르기 전, 입술을 푸는 듯했다. 준비를 마친 보조 약사가 스마트폰을 꺼 냈다. 그러고는 셀카를 찍기 시작했다.

소리 없이 시간이 흘렀다. 뾰족한 방법이 떠오르지 않았다. 무 엇인가 해야만 했다. 이희진은 큰 결심을 하기에 이르렀다. 조용 히 약국을 빠져나왔다. 주위를 두리번거렸다. 점심시간이 끝난 거 리는 한산했다. 테이크아웃 잔을 든 몇몇 직장인들이 서둘러 건물 안으로 사라졌다. 약국 앞 인도에는 인적이 끊겼다. 이희진은 인도의 보도블록을 집어 들었다. 공사를 부실로 했는지 몇 개의 보도블록이 덜커덩거리고 있었다. 비 오는 날, 보도블록을 잘못 밟기라도 하면 신발이고 스타킹이고 엉망이 되고는 했다. 이희진은 구청에 민원을 넣든지 해야 한다고 길길이 날뛰던 황미나가 생각나 웃음이 나왔다. 골칫덩어리 보도블록이 이렇게 요긴하게 쓰일 줄은 몰랐다. 이희진은 깨진 보도블록을 들어 약국 유리창을 향해 힘껏 던졌다. 이희진은 피가 굳는 듯한 느낌이 들었다. 발길이 쉽게 떨어지지 않았다. 1, 2초의 시간이 영원처럼 길게 느껴졌다. 이희진은 급히 빌딩으로 숨었다. 이희진은 엘리베이터와 연결된 보조 문을 통해 약국 안을 들여다봤다. 셀카 놀이에 빠져 있던 보조 약사가 기겁하고 밖으로 뛰어나갔다. 이희진은 살금살금 약국 안으로 들어가 컴퓨터 앞에 앉았다. 의자를 옆으로 밀고 몸을 최대한 숙이고 김 대리의 이름을 모니터에 써넣었다. 스물다섯 명의 동명이인이 모니터에 떴다. 고개를 살짝 들고 밖을 내다봤다. 보조 약사는 있는 대로 인상을 쓰고 핸드폰으로 통화 중이었다. 발까지 동동 구르는 것이 어지간히 화가 난 모양이었다. 범인을 찾는 듯 주변을 두리번거리고 있었다. 약국 안에는 관심이 없어 보였다. 김 대리의 처방전은 의외로 쉽게 찾았다. 김 대리와 출생연도와 생일이 같은 환자는 없었다.

이희진은 엘리베이터를 타고 8층을 눌렀다. 엘리베이터는 발디딜 틈도 없이 사람들이 들어찼다. 이희진은 김 대리가 다녔던 가정의학과를 찾아가는 길이었다. 아무리 들여다봐도 처방전에 쓰여 있는 약 중의 하나가 무슨 종류의 약인지 알 수 없었다. 검색해도 나오지 않는 약이었다. 평소의 이희진이라면 한 달이 걸리든 십 년이 걸리든 책과 인터넷을 뒤져서 약의 종류를 파악했겠지만, 오늘은 달랐다. 촌각을 다투는 일에 시간을 흘려보낼 수는 없었다. 의사를 직접 만나 봐야 했다. 이희진은 신경질적으로 닫힘 버튼을 여러 번 눌렀다. 이희진의 옆에 서 있던 대학생으로 보이는 사람이 "그만 좀 누르세요. 고장 나겠어요."라고 쏘아붙였다. 그 말을 듣는 순간, 이희진의 신경 회로가 빠르게 반응했다. 혈관을 타고 나쁜 피가 돌아다니는 느낌이었다.

"지금 나한테 한 말이에요? 바쁘니까 그렇죠. 뭐 불만 있어요?"

이희진의 태도에 기가 눌린 대학생은 미안하다고 사과했다. 이희진은 자신의 몸피가 점점 커지는 듯한 착각에 빠졌다. 묘한 쾌감이 들었다. 사람들이 이래서 화를 내는구나, 때와 장소를 가리지 않고 마구 소리를 지르는구나, 라는 생각이 들었다. 미친 사람으로 사는 것도 나쁘지 않을 듯했다. 8층에 엘리베이터가 멈추자 이희진이 내릴 수 있도록 사람들이 홍해가 갈라지듯 길을 터 주었다. 이희진은 의기양양하게 엘리베이터를 빠져나왔다.

커피를 마시며 수다를 떨던 간호사는 아직 점심시간이 끝나지 않았다고 말했다. 앤티크풍의 다갈색 벽시계가 한 시 오십칠 분을 가리키고 있었다.

"급해서 그러는데 의사 선생님 안 계세요?"

"점심시간 아직 안 끝났다고요. 저기 먼저 오신 손님도 기다리시잖아요. 여기 이름이랑 생년월일 적고 기다리세요."

이희진은 곧장 진료실로 돌진했다. 간호사가 놀라 벌떡 일어나다 커피를 블라우스에 쏟았다.

"이러시면 안 돼요."

커피를 쏟은 간호사 옆에 있던 간호사가 소리치며 따라왔다. 이희진이 진료실 문을 벌컥 밀어젖혔다. 문이 열리고 사십 대 중반의 의사와 눈이 마주쳤다. 의사의 미간이 미세하게 일그러졌다 다시 펴졌다.

"이 간호사 무슨 일이야?"

켜진 컴퓨터 화면에는 마크 제이콥스의 선글라스가 크게 확대되어 있었다.

"진료 시간이 안 됐다는데 이분이 밀고 들어왔어요."

이희진은 의사를 빤히 쳐다보았다.

"이 병원에서 진료받던 김 대리가 죽었어요. 당신이 처방해 준 약을 먹고 죽었을지도 모른다고요. 경찰을 부를까요?"

의사는 자신도 모르게 입이 점점 벌어졌다. 턱뼈가 갑자기 사라져 버리기라도 한 것 같았다.

"이 간호사, 그만 나가 봐요."

의사는 조용히 모니터를 껐다.

그림자 인간

　이희진은 만년 취준생이었다. 대기업, 중견 기업, 중소기업은
물론이고 영세 공장까지 닥치는 대로 이력서를 넣었다. 서른 곳에
입사 지원서를 넣으면 서너 곳에서 면접을 보러 오라는 연락이 왔
다. 서류 전형을 통과하는 수치가 10%면 지방대 출신치고 낮다고
할 수 없었다. 문제는 면접이었다. 소심한 데다 존재감마저 없는
이희진에게 면접은 괴물 같은 것이었다. 심지어는 동네 편의점 아
르바이트 면접에서도 퇴짜를 맞았다. 이희진은 점점 더 자신감을
잃어 갔다. 이희진은 종일 침대에서 나오지 않았다. 엄마가 주방
에서 외쳤다.

　"희진아, 밥 먹어."

　이희진은 일어나지 않았다. 아니, 일어날 수가 없었다. 등이 침
대에 붙어서 떨어지지 않았다. 엄마가 방문을 벌컥 열었다.

　"밥 먹으라는 소리 안 들려? 얘가 어디 갔어. 여보, 희진이 언제
나갔어요?"

엄마는 침대에 누워 있는 이희진이 보이지 않는 듯했다. 그 후 가족들은 종종 이희진을 알아보지 못했다. 아빠는 소파에 앉아서 텔레비전을 보는 이희진을 못 보고 채널을 마구 돌렸다. 엄마는 이희진에게 밥을 주지 않을 때가 많아졌다. 남동생은 이희진이 있는 것을 모르고 욕실 문을 벌컥벌컥 열었다. 이희진은 몸이 조금씩 바래 갔다. 머지않아 투명 인간이 될지도 모른다는 압박감에 시달렸다. 몸이 조금씩 가벼워졌다. 쌀가마 무게에서 자전거 무게로 가방, 장화, 책 한 권, 장갑 한 짝, 결국 공작의 깃털처럼 몸이 가벼워졌다. 어느 날 아침 이희진이 눈을 떴을 때, 몸이 연기가 되어 침대 위에서 한들거렸다. 이희진은 몸이 어딘가로 날아가 버릴까 봐 두려웠다. 엄마가 문을 열고 소리쳤다.

"일어나. 지금이 몇 신데 아직 자니? 얘가 어디 갔어?"

연기가 된 이희진의 몸이 주방으로 빨려 나갔다. 이희진은 베란다 밖으로 날아가기 싫어서 엄마의 등을 꼭 껴안았다.

"이게 뭐야?"

엄마는 하수구 구멍처럼 까맣게 변한 바닥을 내려다보았다. 엄마가 움직일 때마다 까만 바닥이 따라 움직였다. 이희진은 엄마를 더욱 꼭 껴안았다.

"엄마, 나야."

엄마는 이희진의 말을 듣지 못했다. 몸을 이리저리 움직이던 엄마가 감탄사처럼 내뱉었다.

"그림자네."

이희진은 그렇게 그림자 인간이 되었다.

대기업에서 면접을 보라는 전화가 왔다. 믿기지 않았다. 대기업의 서류 전형을 통과한 건 이번이 처음이었다. 더군다나 지난 십여 개월 동안 서류 전형에서 계속 떨어졌기 때문에 더 믿기지 않았다. 나이마저 삼십 대 초반을 지나 곧 중반이었다.

'이번이 마지막 기회야.'

면접 당일 이희진은 회색 정장을 입고 긴 생머리를 엉덩이까지 늘어뜨렸다. 긴 머리카락이 이희진의 얼굴과 몸을 전부 가렸다. 염색 한번 한 적 없는 이희진의 머리는 삼겹살을 먹고 난 후의 입술처럼 윤기로 번들거렸다. 이희진은 고개를 숙이고 가슴을 웅크렸다. 몸이 그림자처럼 찌그러졌다. 평소 이희진 모습 그대로였다.

초조하게 면접 시간을 기다리는데 어디선가 좋은 냄새가 났다. 지금까지 한 번도 맡아 본 적 없는 특별한 향수였다. 머릿속이 빨강, 주황, 노랑, 초록으로 변해 가는 기분이 들었다. 여러 가지 맛이 나는 사탕을 먹는 기분이었다. 머릿속이 영롱한 보랏빛으로 변하자, 어떤 쾌감이 발가락 끝으로 찌르르 흘렀다. 존경과 사랑, 위대함의 감정들이 용솟음쳤다. 이희진은 고개를 번쩍 들었다. 처음

보는 남자가 이희진 앞에 서 있었다. 포마드를 발라 단정하게 올린 앞머리, 몸에 딱 맞는 정장, 가슴 포켓에 꽂은 화이트 행커치프, 블랙 구두까지 카탈로그를 뚫고 나온 모델 같았다.

"면접자 안내를 맡은 김 대리라고 합니다. 대추차 한잔 드세요. 긴장이 풀릴 거예요."

사람의 마음을 안정시키는 목소리였다. 잘 달여진 대추차에서 달콤한 향이 났다. 남자는 몸을 낮추어 이희진과 눈높이를 맞췄다. 남자의 바짓단이 살짝 올라갔다. 새하얀 양말이 얼핏 보였다. 의외로 흰 양말이 블랙 정장에 잘 어울렸다. 남자는 이희진을 스캔하는 것처럼 빤히 쳐다봤다.

"예쁜 머리카락을 가지셨네요."

"감사합니다."

이희진의 목소리는 떨리고 있었다. 꿈에 그리던 직장 선배였다. 이런 사람과 한 직장에 다니면 얼마나 멋질까. 단 하루라도 좋다. 이 회사의 직원이 되고 싶었다. 면접을 잘 보고 싶다는 의욕이 수치로 말할 수 없을 만큼 높아졌다.

"이희진 님, 머리카락을 뒤로 좀 넘기는 건 어때요."

남자가 명찰을 보고 이희진의 이름을 부르는데 가슴이 터질 듯 뛰었다.

"제 머리카락이 왜요?"

이희진은 습관적으로 자신의 긴 머리카락을 쓸어내렸다.

"제가 취준생일 때 면접 관련 책을 많이 읽었거든요. 시중에 나와 있는 책의 90%는 읽었을 거예요. 책 대부분에서 머리카락이 얼굴을 너무 가리는 건 좋지 않다고 되어 있더라고요. 자신감이 없어 보인다면서요."

"진짜요? 저는 머리를 어떻게 해야 할까요?"

남자가 주머니에서 까만 고무줄을 꺼내 주었다. 머리끈 대용으로 쓰는 링 모양의 고무줄이었다.

"귀가 보여야 해요. 그게 포인트죠."

이희진은 머리카락을 귀 뒤로 넘기고 단정하게 한 가닥으로 묶었다. 음침하고 우울해 보이던 사람이 몰라보게 밝아졌다.

"김 대리님이라고 하셨죠?"

이희진의 질문에 남자는 온화하게 미소 지으며 고개를 끄덕였다.

"이희진 님, 면접 잘 보셔서 꼭 우리 회사에 입사하세요. 파이팅입니다."

남자는 자리를 옮겨 다른 면접자에게 갔다. 그에게도 대추차를 권했다. 김 대리님, 이희진은 가만히 발음해 보았다. 오래전부터 알고 지냈던 것처럼 익숙한 느낌이었다.

세 명이 한 조를 이루어 면접을 보러 들어갔다. 늘 굽어 있던 이희진의 어깨가 반듯하게 펴져 있었다. 고개는 정면보다 높게 들고 미소 짓는 것처럼 입술이 살짝 올라갔다. 코르셋을 입은 것처럼 허리가 곧게 펴졌다. 이희진의 눈은 자신감으로 반짝였다. 면접관들은 이희진의 프로필을 한참을 뒤적였다. '어떻게 이런 애가 서류 전형을 통과했지?'라는 표정이었다. 면접관 중 한 사람이 귀찮다는 듯이 질문을 던졌다.

"이 학교가 어디 있는 거죠?"

"C시에 있는 학교입니다. 저희 학교에서 십 분 거리에 S대학의 분교가 있습니다. 저희 학교와 S대의 차이는 차로 십 분입니다."

당당하고 자랑스러운 말투였다. 면접관들은 쿡쿡 웃었다. 면접관들이 관심을 보이기 시작했다.

"정말 대단하네. 이런 학교를 나오고 우리 회사의 서류 전형과 필기시험을 통과하다니, 분명히 집안 형편 때문에 이 대학을 선택한 거겠죠?"

이희진은 긍정도 부정도 하지 않은 채 가볍게 미소 지었다.

"사 년 내내 성적 장학금을 받았네요?"

"네, 그렇습니다."

기본적으로 말수가 적었고, 말을 먹는 버릇 때문에 알아듣기가 힘들었던 이희진에게 이날 면접은 일생에서 기록될 만했다. 기적은 면접을 보는 딱 십 분 동안만 유효했지만, 그것으로 만족했다.

김 대리가 권한 대추차가 자신감 상승에 영향을 미친 것이 분명한데, 어째서 효능을 이희진만 받은 것일까. 미스터리가 아닐 수 없었다. 이희진의 입사는 전무후무할 만큼 파격적이었다. 일각에서는 실무자의 실수가 아니냐는 이야기가 돌았지만, 게임은 끝났다. 어떤 이유에서건 이희진은 취업에 성공한 것이다.

이희진은 항상 푸시시한 얼굴로 출근했다. 악몽 때문에 숙면하지 못했기 때문이다. 이희진은 김 대리의 손에 이끌려 버스에 몸을 실었다. 금요일 저녁이었다. 버스를 세 번이나 갈아타고 내린 곳은 경기도 외곽의 소읍이었다. 한눈에 보기에도 낙후된 도시였다. 건물들은 오래되었고 도로는 한산했다. 상가는 일찍 문을 닫았고 행인들마저 없어 죽은 도시처럼 보였다.

김 대리는 이희진의 손을 잡고 깜깜한 골목으로 들어갔다. 미로 같은 골목을 빠져나오자 낙후된 도시와는 어울리지 않는 대형 횟집이 나타났다. 기와를 지붕에 올려 전통적인 멋을 낸 횟집은 그 크기가 웬만한 웨딩홀보다 컸다. 넓은 주차장과 함께 그네와 미끄럼틀이 놓인 놀이터도 보였다. 더 놀라운 건 주차장이 이미 주차된 차들로 가득하다는 것이었다. 횟집 주변의 가로수는 전구로 화려하게 장식되어 있었다. 가로등과 네온사인 불빛으로 횟집은 대낮처럼 환했다.

김 대리가 예약을 확인했다. 예쁘고 어리지만, 표정이 없는 여종업원이 안내했다. 엘리베이터에 올라탔다. 지하 3층, 지상 6층 건물이었다. 6층에서 내려 복도를 걸었다. 여종업원이 초록색 방으로 안내했다. 초록색 방문 앞에는 유럽의 자연 경관이 담긴 액자가 걸려 있었다. 드넓은 초원의 초록빛 보리가 바람에 물결치듯 흔들렸다. 그림의 가장자리에 서너 사람의 형체가 뭉개진 채 그려져 있었다.

이희진과 김 대리는 좌식 테이블을 마주 보고 앉았다. 이희진은 회를 좋아하지 않았다.

"어서 먹어요. 든든히 먹어 둬야지, 아니면 나중에 후회할 일이 생길지도 몰라요."

회에 손도 대지 않는 이희진을 보고 김 대리가 말했다. 이희진은 힘겹게 회를 한 점 집어 먹었다. 맛있었다. 회를 먹고 고소하다고 말하는 사람들의 마음을 알 것 같았다. 이희진은 체면 차리지 않고 마지막 한 조각 남은 회마저 깻잎에 싸서 맛있게 먹었다.

"배부르게 먹었어요?"

김 대리의 질문에 이희진은 즐겁게 그렇다고 대답했다. 후식으로 수정과가 나왔다. 후식까지 먹은 김 대리가 한쪽 벽면에 세워져 있던 병풍을 조심스럽게 걷었다. 병풍 뒤에는 미닫이문이 나 있었다. 미닫이문 틈 사이로 어둠이 삐져나왔다.

김 대리가 말했다.

"악몽을 반복해서 꾼다고 했죠? 똑같은 상황이 꿈속에서 계속 반복되는 건 단순한 꿈이 아닐 가능성이 커요. 전생이랑 관련 있을 수도 있어요. 희진 씨 전생 한번 볼래요?"

이희진은 전생을 보겠다고 대답했다. 김 대리가 벽에 난 문을 손가락으로 가리켰다.

"들어가 보세요. 전생을 볼 사람만 들어가는 거예요."

이희진이 손을 대자 미닫이문이 스르르 옆으로 열렸다. 가파른 나무 계단이 끝도 보이지 않게 길게 이어져 있었다. 그 끝에 희미한 불빛이 보였다. 분명 6층이 끝이었는데 어떻게 된 일이지. 헛것이 아닐까. 하늘로 난 계단을 더듬었다. 왁스 칠을 한 나무 계단이 매끄러웠다. 환영이 아니었다. 이희진은 상식을 벗어난 기이한 계단 앞에서 오를 것인지 말 것인지 결정하지 못해 망설였다. 이희진이 고개를 돌려 김 대리를 쳐다봤다. 의견을 묻는 듯 혹은 결정을 내려 달라는 듯이. 김 대리는 엷게 웃었다. 이희진은 용기를 내어 계단을 올랐다. 난간을 잡은 손에 힘이 들어갔다. 미끄러지지 않으려고 발바닥에 힘을 줬다. 가파른 계단은 끝도 없이 이어져 있었다. 숨이 차오르면서 등줄기에 땀이 흘렀다. 하얀 점은 쉽사리 가까워지지 않았다.

다리에 힘이 빠져 몸이 심하게 흔들렸다. 쉬고 싶었지만 쉴 만

한 공간이 없었다. 고개를 돌려 올라온 계단을 내려다봤다. 공포
감으로 오금이 저렸다. 이희진은 다시 계단을 올랐다. 산을 타는
기분이었다. 그것도 가파른 돌산을. 블라우스가 땀에 젖어 피부에
달라붙었다. 땀을 많이 흘려서 입이 마르고 갈증이 났다. 배에서
꼬르륵 소리가 났다. 배가 불러 숨도 못 쉬던 것이 불과 몇 분 전이
었다. 이희진은 이상하다고 생각했다. '계단은 6층 건물 어디로 이
어지는 것일까?' 6층 계단을 열 번쯤 왕복한 기분이었다. 한 발짝
도 내디딜 수 없을 만큼 지쳤을 때 문 앞에 다다랐다.

  아무것도 없는 빈 곳에 오로지 빛만이 충만했다. 기포처럼 빛의
입자들이 둥둥 떠다녔다. 눈이 부시지는 않았다. 오히려 눈이 시
원해지는 느낌이었다. 그것은 지금까지 한 번도 보지 못했던 순도
100%의 완벽한 빛이었다. 빛의 방을 지나자 드넓은 초원이 나타
났다. 끝이 보이지 않는 초원에 보리가 자라고 있었다. 바람이 불
때마다 보리가 흔들리면서 빛이 반사되었다. 초록의 잡초와 초록
의 보리와 초록의 나무들이 눈앞에서 어지럽게 일렁였다. 이희진
의 머릿속을 스치고 지나가는 생각이 있었다. 지금 이희진이 있는
곳은 초록색 방문 앞에 걸려 있던 그림 속이었다. 이희진은 어지
럼증이 일었다.

  '내가 그림 속에 들어온 거야?'

  이희진은 몸을 가누지 못하고 주저앉았다. 이상하게 몸에서 힘

이 빠지면서 의식이 몽롱해졌다. "정신 차려야지."라고 중얼거렸다. 중얼거리는 목소리에서 점점 힘이 빠졌다. 이희진은 얼굴을 진흙탕에 박고 의식을 잃고 말았다.

숲속은 이른 새벽부터 보슬비가 내리고 있었다. 달팽이 한 마리가 숲에서 가장 높은 삼나무 위를 느리게 기어올랐다. 삼나무 아래에서 세 명의 노파가 가위바위보를 하느라 여념이 없었다.

"내가 이겼다. 눈깔 내놔."

첫째 노파의 눈 사이에 눈이 생겼다. 셋째 노파는 눈이 하나 사라졌다. 둘째 노파는 입이 없어 말을 못 했다. 둘째 노파의 입은 셋째 노파가 가지고 있었다. 셋째 노파가 말을 할 때마다 옆에 붙은 입이 한 박자 늦게 말을 따라 했다. 셋째 노파의 말은 시차를 두고 두 번씩 반복됐다. 메아리 같기도 했다. 노파들의 머리카락은 바닥까지 닿을 정도로 길었다. 멀리서 보면 여우 털 코트 같았다.

"길을 찾고 있어요."

자신의 키보다 한 뼘이나 더 긴 머리카락을 가진 다홍색 물방울무늬 원피스를 입은 귀여운 꼬마가 물었다. 음식을 담은 커다란 바구니를 두 손으로 간신히 들고 있었다. 삐죽 나온 우유병 때문에 바구니 입구가 살짝 들렸다. 그 사이로 갓 구운 빵 향기가 솔솔 풍겼다.

"뭐라고?"

"길을, 길을, 찾고, 찾고, 있대, 있대."

"길을 찾고 있다고?"

세 노파는 긴 머리카락을 흔들며 웃었다. 머리카락 사이로 늘어
난 유방이며 두툼한 뱃살이 보였다. 웃음을 멈추자 하얗게 센 머
리털이 노파의 몸을 감쌌다.

"꼬마야, 우리랑 내기하지 않으련?"

"엄마가 한눈팔지 말라고 하셨어요."

"그러지 말고 게임 한 번만 하자."

"가위바위보 해서 우리를 이기면 이걸 주마."

흰색 같기도 하고 황금색 같기도 하고 머리카락 같기도 하고 옷
같기도 한, 아름다운 털을 살랑이며 말했다. 꼬마는 내키지 않는
표정이었다. 사실 꼬마는 노파들의 길고 아름다운 머리카락이 탐
났다. 할머니의 숭숭 빈 머리가 생각났기 때문이었다.

"그 머리카락 우리 할머니 줘도 돼요?"

"그럼, 가위바위보만 이기면 네 거야. 할머니를 줘도 되고 네가
가져도 되지."

꼬마는 결심한 듯 침을 꼴깍 삼켰다.

"가위, 바위, 보."

꼬마는 가위를 냈다.

"우리가 이겼네."

셋째 노파가 바위를 쑥 내며 말했다. 노파들은 각자 가위, 바위, 보를 내고 꼬마의 손동작에 따라 이기는 노파가 손을 뻗었다.

"그런 게 어디 있어요?"

"어디 있긴 여기 있지. 뭐를 받을까?"

노파들은 서로 다퉜다.

"눈이 예쁘니까 눈을 달라고 해."

첫째 노파가 말했다. 둘째 노파는 말이 하고 싶어 죽을 지경이었다. 손가락으로 꼬마의 입을 열심히 가리켰다.

"아니야. 저 까맣고 윤나는 머리카락 좀 봐. 머리카락을 받아야겠어."

꼬마의 검은 머리카락이 순식간에 사라졌다. 셋째 노파의 흰 머리카락이 검고 윤기 나는 머리로 바뀌었다. 꼬마의 머리는 민둥산처럼 아무것도 남지 않았다. 꼬마는 그만 울음을 터트렸다.

"울어?"

"안, 안, 됐네, 됐네."

꼬마는 울기를 멈추고 다부지게 말했다.

"한 번 더 해요."

"그래? 한 번 더 할까?"

노파들은 환호성을 지르며 좋아했다.

"가위, 바위, 보."

꼬마는 양손으로 바위와 가위를 냈다. 꼬마의 옷에 달려 있던 토끼 인형이 보를 냈다. 노파들이 웅성거린다.

"뭘 내지?"

"가위를 내."

"바위가 있잖아."

한동안 설전을 벌이던 노파들이 몸을 이리저리 흔들며 웃었다.

"이번에는 입을 달라고 하자. 둘째 주게."

노파들이 바위를 내고 토끼 인형이 보를 냈다.

"내가 이겼다. 머리카락 전부 주세요."

"어떻게 된 거야. 토끼가 언제부터 저기 있었어?"

머리카락이 사라진 노파들은 벌거숭이가 되어 덜덜 떨었다.

"한 번만 더 하자."

"싫어요."

"한, 한, 번만, 번만, 더, 더, 하자, 하자."

"추워. 제발 머리카락 돌려줘."

"제발, 제발, 우리, 우리, 머리카락, 머리카락, 돌려, 돌려, 줘, 줘."

"싫어요."

꼬마는 바구니와 노파들의 머리카락을 들고 숲을 빠져나갔다.

점쟁이가 소리쳤다.

"이년아, 네 머리카락에 귀신 붙었어!"

이희진이 잠에서 깼을 때 자신의 침대에 누워 있었다. 누가 머리채를 심하게 잡아당긴 것처럼 모근이 아렸다. 머리카락이 한 줌이나 빠져 있었다. 다리가 여러 개 달린 벌레가 스멀스멀 머리를 기어다니는 것 같았다. 이희진은 머리를 심하게 긁었다.

김 대리가 데려간 점집에서 전생을 본다는 할머니는 장님에 다리가 없었다. 두피가 다 보이도록 머리카락이 없었다. 몇 가닥 남은 머리카락은 길게 자라 있었다. 노파의 외모는 충격적이었다. 그날 이후로 노파가 악몽에 등장하기 시작했다.

"머리카락을 자르는 게 어때요?"

김 대리가 권했다.

"생각 좀 해 보고요."

말은 그렇게 했지만, 이희진은 커트할 생각이 없었다. 어려서부터 기른 머리였고 무엇보다 긴 머리가 너무 좋았다.

두피가 점점 더 가려워졌다. 이희진은 가려움을 참다못해 욕실로 뛰어들었다. 정수리에 찬물을 뿌렸다. 두개골이 찌르르 아려왔다. 거품을 낸 샴푸를 머리카락에 비볐다. 찬물에 감각이 마비된 손끝이 저렸다. 두피를 열심히 문지르다 샤워기를 머리에 갖다 댔다. 흰 김이 펄펄 나는 뜨거운 물이 쏟아져 나왔다. 이희진은 비명을 지르며 샤워기를 놓쳤다. 금세 희뿌연 수증기가 거울을 뒤덮었다. 젖은 머리를 비틀었더니 손가락 사이로 머리카락이 한 움큼 딸려 나왔다.

이희진은 김 대리의 충고대로 긴 머리를 쇼트커트로 잘랐다. 파마나 염색 한 번 한 적 없어서 머리카락은 요즘 찾아보기 힘든 건강모였다. 자른 머리는 백혈병 환자를 위해 기증했다. 그 후 이희진은 악몽을 꾸지 않게 되었다.

자살? 자살!

이희진은 사무실 문을 벌컥 열었다.

"최 과장님, 오 대리님, 강 선배님."

이희진이 차례로 이름을 불렀다. 크고 활기찬 목소리였다. 회의용 책상에 앉아 있던 사람들이 이희진을 동시에 쳐다봤다. 이희진의 낯선 모습에 어리둥절한 표정이었다.

"무슨 일이에요?"

강지훈이 물었다. 이희진은 볼이 빨개져서 고개를 푹 숙였다.

"대박! 다들 모이세요."

뒤이어 황미나가 뛰어 들어왔다. 황미나는 이희진을 밀치고 의자에 앉았다. 이희진이 선수를 쳤다.

"있잖아요, 김 대리님."

"희진 씨 잠깐, 내가 먼저예요. 연휴 전날 김 대리한테 무슨 일이 있었는지 알아요?"

"나야 모르죠."

오병수가 대답했다.

"김 대리가 연휴 전날 운동 마치고 맥주를 마시면서 동기들한테 무슨 말을 했을까요?"

"그걸 무슨 수로 우리가 알아?"

최민희가 짜증을 냈다. 황미나는 심술이 나는지 입을 다물었다. 틈이 생긴 사이 이희진이 치고 나왔다.

"있잖아요, 김 대리님이 먹는."

"희진 씨, 잠시만요. 내가 먼저라고요."

이희진은 입을 다물었다.

"뭔지 몰라도 빨리 좀 얘기해요. 숨넘어가겠어요."

오병수가 앓는 소리를 냈다.

"혹시?"

강지훈이 가장 먼저 눈치를 챘다. 뒤늦게 최민희도 이상한 점을 알아냈다.

"김 대리님 아파서 맥주 못 마시잖아요."

"그럼 우리 가설이 완전히 틀렸네."

강지훈과 최민희가 대화를 나눴다.

"뭔 소린지 도통 모르겠네. 지금 나만 못 알아들은 거죠? 황 대리가 자세히 설명 좀 해 봐요."

"알았어요. 제가 천천히 설명해 드릴게요."

황미나는 늦은 점심을 먹고 커피를 마시면서 직원들과 수다를 떨었던 상황을 그대로 묘사했다.

향기 있는 사람들의 점심 식사, '향기 있는 사람들의 모임' 멤버들이 모였다. 그들은 점심으로 구천 원 하는 순댓국을 먹었다. 깍두기 국물을 넣은 순댓국을 십 분 만에 먹고 근처 카페로 자리를 옮겼다. 디저트로는 육천 원 하는 카페라테, 만 오천 원 하는 아이스크림 와플과 블루베리 와플, 이만 원 하는 우유 눈꽃 베리 빙수와 우유 눈꽃 초콜릿 빙수를 시켰다. 카페인과 당이 '향사모' 회원들의 위를 가득 채웠다. 향기 있는 사람들의 모임에서 가장 사랑받았던 김 대리를 잃은 슬픔을 잊을 만큼 강력한 카페인과 당이었다. 그녀들은 잠깐 행복한 기분까지 들었다.

황미나가 나섰다.

"김 대리 문제 때문에 모이자고 한 거예요. 김 대리가 향사모를 만들었고 이만큼 성장시켰는데, 김 대리 마지막 가는 길에 뭔가를 해야 하지 않겠어요? 우리가 할 수 있는 일이 없을까요?"

"향사모 합창단에서 조의를 표하는 노래를 불러도 좋을 것 같아요."

"향사모 회원들의 편지를 모아서 같이 묻어 주는 것도 좋은데."

"김 대리 애도 백일장을 열면 좋지 않을까요?"

암기해 놓은 대사를 막무가내로 뱉어 내는 서툰 배우들처럼 회원들이 앞다퉈 말했다. 황미나는 김 대리의 마지막 길에 무언가 특별한 이벤트를 준비하고 싶었다. 향기 있는 사람들의 모임을 대내외에 홍보할 수 있는 절호의 기회였다. 황미나는 조금 감상적인 기분도 들었다. 이런 걸 직업병이라고 하는 건가, 라는 생각을 잠깐 했다.

"다들 좋은 생각인데, 그런 거 말고 뭐 새로운 거 없어요?"

서기 역할을 맡은 직원이 열심히 필기를 하다 한마디 했다.

"발인이 언제예요?"

모두 황미나를 쳐다봤다.

"아직 정해지지 않았어요."

"예?"

"그게 무슨 소리예요?"

"삼일장 아니에요?"

"김 대리가 오랜 지병으로 세상을 떠나서 부검이 필요하다네요."

황미나가 처연하게 말했다.

"부검이라고요?"

"병으로 죽었는데 무슨 부검이 필요해요?"

"말도 안 돼. 뭐가 있는 거 아냐?"

호기심은 형식을 무너트린다. 향사모가 늘 강조해 왔던 우아고

157

뭐고 없었다. 향기 있는 사람들의 모임은 아수라장이 되었다. 카페가 떠나갈 듯 어수선하게 다들 자기가 하고 싶은 말만 했다.

"내 말 좀 들어 봐요."

황미나의 얘기에 귀 기울이는 사람은 아무도 없었다.

"아니, 어떻게 죽었기에 부검이 필요해?"

"말도 안 돼, 말도 안 돼. 이건 절대 말도 안 돼."

"그만!"

순간, 조용해졌다. 크게 소리친 황미나는 민망해졌다. '명색이 회장인데.'라는 생각이 들었다. 얼굴로 피가 빠르게 모였다가 흩어졌다. 황미나는 우아함을 잃지 않으려 노력하며 상황 설명에 들어갔다.

"사실 김 대리가 미숙아로 태어났대요. 그래서 항상 몸이 약했는데 겉으로 전혀 내색 안 하고 회사에 다니다가 이번에 이런 일이 생겼잖아요. 다들 몰랐어요?"

"건강해 보이던데요."

"남들 모르게 화장실에서 진통제를 그냥 한 주먹씩 먹었잖아요. 나도 같은 부서에서 근무했지만 전혀 몰랐어요. 김 대리가 그런 사람이었어요."

황미나는 울음을 삼켰다. 하지만 그건 연기였다. 좀 울어 주고 그래야 사람이 인간적으로 보이기 때문이었다.

"전혀 아픈 사람 같지 않던데요."

회원들은 반신반의하는 눈치였다. 김 대리와 스포츠센터에서 같이 운동하는 회원 두 명 중 한 명이 말했다.

"아픈 사람이 아침저녁으로 운동할 수 있어요? 그것도 한 번에 두 시간씩."

"그리고 연휴 전날 저녁 운동하고 맥주도 마셨잖아요."

"그랬었죠."

"그때도 아픈 기색 없었는데."

황미나가 끼어들었다.

"매일 아침저녁으로 두 시간씩 운동을 했단 말이에요?"

김 대리와 같이 운동하는 회원이 고개를 까닥였다.

"운동하다가 쉬지도 않고요?"

다른 회원이 고개를 끄덕였다.

"혈색이 창백하다든지 알약 같은 걸 먹지도 않고요?"

두 회원이 같이 고개를 끄덕였다.

"좀 더 자세히 말해 봐요."

황미나는 궁금해서 못 견디겠다는 표정이었다.

"김 대리 혈색 아주 좋았죠."

"술도 마셨다 이거죠?"

"그렇다니까요."

여기저기서 말이 터져 나왔다. 대부분 김 대리가 건강했다는 내용이었다. 다들 말하고 싶어 안달이었다. 카페인과 당의 효과 때문이었다. 자연히 목소리 톤이 높아졌다. 바로 옆에서 하는 말도 알아들을 수가 없을 지경이었다.

"술 마시면서 특별한 일 없었어요?"

두 회원은 생각에 잠겼다. 주변은 다시 조용해졌다. 다들 두 사람의 입술만 쳐다봤다. 한 회원은 뭔가 생각난 듯 얼굴이 붉게 상기되었다.

"아, 생각났다. 김 대리가 원래 굉장히 밝잖아요. 말도 잘하고 술 마실 때 분위기도 잘 띄우고요. 그런데 그날은 말이 좀 없었어요. 그랬죠?"

"맞아요. 확실히 말이 좀 없었던 거 같아요. 그런데 김 대리, 고민 있는 것 같지 않았어요?"

"고민?"

황미나가 외쳤다.

"분위기가 좀 우울했죠. 걱정 있는 사람처럼 자꾸 시계만 보고."

'고민, 우울?'

"맞다, 맞다. 그 말 생각나요? 내가 운동 열심히 하는데 살 안 빠지고 더 찐다고 짜증 난다고 그랬잖아요. 그때 김 대리가 옆에서 했던 말 생각나요?"

"뭐라고 그랬는데요?"

황미나가 참지 못하고 끼어들었다.

"반 잔 남은 맥주를 단번에 마시더니 '왜 이렇게 사는 게 지겨울까요?'라고 말했어요."

"사는 게, 지, 겨, 워?"

황미나가 홍보 팀 직원들 앞에서 외쳤다.

"걱정 근심 가득한 얼굴로 너무너무 우울해. 사는 게 왜 이렇게 지겹지? 우울해서 살고 싶지 않아, 라고 말했다는 거예요."

모두 동작을 멈췄다. 숨도 쉬지 않는 듯했다. 빠르게 머리들이 돌아갔다. 쉭쉭 하고 머리 돌아가는 소리가 들리는 듯했다.

"그럼."

"혹시?"

"그런 거야?"

황미나는 확신에 찬 듯 고개를 끄덕였다. 이희진이 끼어들었다.

"김 대리님 죽을병에 걸린 거 아니래요. 제가 지금 사거리 병원 갔다 왔어요."

사무실 분위기가 서늘해졌다. 몹시 놀라 하얗게 질린 사람도 여럿이었다. 이희진이 무슨 말을 더하려 하자, 강지훈은 검지를 자기 입술에 대며 조용히 하라는 눈치를 줬다. 누구도 쉽게 말을 못

했다. 서로 눈치만 봤다.

"자살?"

최민희는 자신의 입에서 흘러나온 말에 놀라 입을 틀어막았다.

"제기랄."

오병수가 낮게 중얼거렸다. 황미나는 승리한 장군이라도 된 양 도취되었다.

"어떻게 다른 사람도 아니고 김 대리님이 그럴 수 있어요? 말도 안 돼요."

강지훈이 말했다. 이희진은 말할 기회만 엿보고 있었다.

"이삼십 대 사망 원인 1위가 바로 자살이잖아요."

황미나가 말했다.

"황 대리님!"

이희진이 소리를 꽥 질렀다.

"아이, 깜짝이야. 희진 씨 왜 그래요?"

"제가 요 앞 사거리에 있는 병원 갔다 왔다고요. 김 대리님이 다니던 병원이요. 김 대리님 건강했대요. 지병 같은 거 없었어요."

"건강했다죠? 내 말이 맞는다니까요. 이거 100% 자살이에요."

"김 대리님 헬리코박터균 때문에 약을 먹고 있었대요."

"뭐야? 그거 옮는 거잖아."

황미나는 호들갑을 떨며 물로 입을 헹궜다.

"회식 때마다 된장찌개에다가 밥 말아서 숟가락 한 개로 다 먹이더니. 나도 옳은 거 아냐?"

최민희는 불쾌해 인상이 구겨졌다. 다음 달에 마지막 시험관 시술을 앞두고 있었다. 그런데 난치성 세균 감염이라니, 속상해서 몸을 바르르 떨었다.

오병수도 거들었다.

"김 대리 깨끗한 줄 알았더니 것도 아니었잖아."

강지훈이 상황을 정리했다.

"확실히 자살이네요."

강지훈은 고개를 숙였다. 오병수가 강지훈의 어깨를 다독였다. 이희진이 물었다.

"그런데 자살한 이유가 뭘까요?"

사람들은 새로운 문제에 부딪혔다. 명문대를 졸업하고 대기업에 입사한 촉망받는 젊고 건강한 남자가 자살할 만큼 충격적인 사건은 도대체 뭐가 있을까? 직원들의 창의적이고 무한한 상상력이 필요한 순간이었다. 다들 깊은 생각에 잠겼다.

"여자 문제 아닐까요?"

오병수의 자신 없는 목소리였다. 직원들 시선이 오병수에게 빠르게 모였다. 오병수는 사람들의 반응에 힘이 솟았다.

"싱글 남자들 고민 1순위는 당연히 애정 문제 아니겠습니까? 김 대리의 그 얼굴로 애인이 없었을 리가 없고, 그랬다면 당연히 여자 때문에 자살했다고밖에는 달리 생각할 수가 없잖아요."

오병수의 논리는 그가 제출하는 아이디어처럼 지나치게 진부하다는 결함을 가지고 있었지만, 왠지 이번만큼은 꼭 그럴 것만 같은 생각이 들게 했다.

"오 대리님, 오랜만에 정말 마음에 들었어요."

황미나는 오병수에게 칭찬을 아끼지 않았다.

"나도 같은 생각이야."

최민희가 동조했다. 황미나가 이희진에게 물었다.

"희진 씨는?"

"저는……."

대답은 하지 못했지만, 이희진도 같은 생각이었다. 곧이어 미스터리 드림 팀은 김 대리가 여자 때문에 자살했다는 가설을 세웠다. 이제 가설을 뒷받침해 줄 이론을 만들기 위한 증거 수집만 남았다.

김 대리는 평소 활달한 성격의 소유자로 사람을 사귈 때 남녀를 가리지 않았다. 당연히 사내 미혼 직원과도 사이가 좋았다. 다들 알다시피 김 대리는 표면적으로 애인이 없었다. 미혼 직원을 비밀리에 만났을 가능성을 열어 두고 조사에 들어갔다. 그렇다면, 도대체 누가, 김 대리의 애인이었을까. 직원들의 머릿속에는 이 생각뿐이었다. 대부분의 미혼 직원들이 김 대리에게 호감을 가졌다. 하지만 데이트 신청을 한 직원은 단 한 사람도 없었다. 김 대리와 데이트를 하기에 자신이 부족한 사람처럼 느껴졌기 때문이었다. 가끔 구내식당에서 김 대리 옆자리에 앉아 밥을 먹는 행운을 누리는 직원이 있었다. 그럴 때면 김 대리에게 호감을 표현하기에 충분한 시간과 장소가 제공되었음에도 불구하고, 하나같이 김 대리를 외면해 버리곤 했다. "오늘 생선가스 진짜 맛있어요. 드셔 보세요."라며 김 대리가 먼저 말을 걸어올 때조차 입이 굳어 버리기 일쑤였다. 많은 직원들은 이렇듯 김 대리에게 이중적인 태도를 보이고 있었다.

　　최민희가 황미나를 쳐다봤다. 오병수에 이어 이희진, 강지훈까지 대놓고 황미나를 빤히 봤다. 황미나의 얼굴이 곧 뚫어지게 생겼다.

"왜 다들 절 보세요?"

"아냐?"

"아닌가 본데요."

"진짜 아닌 모양이에요"

뒤늦게 황미나는 동료들이 자신을 빤히 보는 이유를 깨달았다.

김 대리의 애인으로 자신을 의심하는 것이다.

"다들 무슨 생각 하는 거예요?"

황미나가 발끈했다. 다들 딴청을 부렸다.

"정말 아닌가 봐요."

"아니면 됐고."

이 말을 하는 오병수는 조금 즐거워 보였다.

"미안해, 황 대리. 나는 자기가 웹소설을 좋아하길래 잠시 오해한 거야. 김 대리가 웹소설 남주처럼 생겼잖아."

황미나는 얼굴이 붉어졌다. 최민희가 어떻게 자신이 로맨스 웹소설을 즐겨 읽는 걸 아는지 모르겠다. 스트레스가 일정 수준을 넘길 때면 업무 시간에 몰래 웹소설을 읽었다. 팀원들을 다 속인 줄 알았는데 그게 아니었다. 황미나는 부끄러워 죽을 지경이었다. 김 대리 죽음의 미스터리고 뭐고 그냥 웹소설이나 읽었으면 좋겠다.

강지훈이 물었다.

"희진 씨는 아니죠?"

황미나는 희진이라는 말에 정신이 번쩍 들었다. 팀원들이 자신을 김 대리의 애인으로 오해하는 건 그렇다 치자. 매력 있으니까. 갑자기 이희진은 왜 나오는 건데. 강지훈은 이희진과 자신을 동급에 놓고 말하고 있었다.

"지훈 씨, 누가 아역 탤런트 출신 아니랄까 봐 상상력이 너무 나

166

간 거 아니에요? 김 대리가 뭐가 아쉬워서 희진 씨를 만나요."

황미나가 박장대소를 했다. '주제를 알아야지.'라는 비웃음이었다. 이희진의 뺨이 붉게 달아올랐다.

"오 대리님 생각은 어때요? 김 대리랑 희진 씨가 어울려요?"

"그게 사실이면 서프라이즈지."

황미나 편을 드는 오병수를 다들 어이없게 바라봤다. 최민희가 나섰다.

"황 대리, 말조심해."

황미나가 마지못해 이희진에게 사과했다.

"황 대리 아니고, 희진 씨도 아니고 그러면 타 부서인데. 사내에 괜찮은 직원이 누가 있지?"

최민희가 묻고 혼자 대답했다.

"영업부에 최 대리 아직 싱글이지. 집안 좋고 승진 빠르고 얼굴도 너무 이쁘던데."

"최 대리님 다음 달에 결혼하신대요. 신랑감이 홍콩 금융맨이래요."

"정말이에요, 희진 씨?"

황미나는 놀라서 되물었다. 최 대리라면 자기보다 한참 못하다고 생각했는데 좋은 사람과 결혼한다니 입 안이 썼다. 황미나는 이희진의 발이 은근히 넓다고 생각했다.

오병수와 강지훈이 사내의 괜찮은 직원을 줄줄이 읊었다.

"비서실 혜빈 씨도 사람 참 괜찮잖아요. 김 대리랑 같은 산악동호회 회원이고."

"전략기획 팀 정 팀장님은 어떻고요. 김 대리보다 아홉 살 연상이기는 하지만 미인 대회 출신이라 키랑 몸매랑 얼굴이 넘사벽이잖아요. 더구나 회장님 친조카이기도 하고요. 사내에서 인기 엄청나요."

아까부터 혼자 곰곰이 생각하던 이희진이 지금의 칭찬 일색 분위기를 엎어 버렸다.

"사내에 싱글 직원만 있는 건 아니잖아요."

바로 핵심을 찔렀다. 이희진이 던진 한마디에 팀원들은 동요했다. 오병수는 무슨 소리 하는 거야, 라는 표정이었다. 강지훈은 대놓고 불쾌감을 내비쳤다. 황미나는 흥미진진한 이야기 전개에 신이 났다.

"왜 그렇게 생각해요, 희진 씨?"

황미나가 물었다.

"자살이에요. 그것도 김 대리님처럼 밝은 분이 자살하실 정도면 보통 일은 아니죠."

관심이 다시 이희진에게 모였다. 이희진은 이 부분까지 얘기하고 자리에 앉아 있는 직원들의 얼굴을 한번 훑었다. 팀원들은 적당한 긴장감과 기대심으로 이희진을 뚫어지게 쳐다보았다. 이희진은 묘한 쾌감을 느꼈다. 관심받는다는 것이 이런 느낌이구나, 행복해졌다.

"뭐예요? 빨리 말해요!"

황미나였다. 이희진의 눈과 황미나의 눈이 마주쳤다. 두 여자 사이에 묘한 기류가 잠깐 흘렀다.

"가정이 있는 분을 만났다면 이야기는 달라지지 않겠어요? 뭔가 엄청나고 충격적인 비밀이 있는 거라고요. 이건 자살이에요."

"희진 씨 얘기가 무슨 말인지 알겠어요."

"김 대리가 싱글이랑 백 번을 만나다 헤어져도 밑질 건 없지."

"상대가 유부녀라면 이야기는 달라지겠죠."

"만약 이 사실이 집이나 회사에 알려지기라도 한다면……."

오병수가 몸을 부르르 떨며 말했다.

"오싹한데요."

드림 팀은 모두 정상적인 만남이 아닐 거라는 이희진의 의견에 동의했다.

"최 과장님은 당연히 아닐 테고요."

"당연하지."

최민희는 심하게 손사래를 쳤다.

"왜 그렇게 놀라세요? 괜히 의심스럽게요."

"과장님, 김 대리 웹소 남주 같다고 좋아하신 건 아니죠?"

황미나가 농담으로 한 말에 최민희는 경기를 앓듯 부인했다.

"나는 절대 아니야!"

강한 부정은 긍정을 나타낸다고 했던가. 최민희의 오버하는 행동에 의심의 눈초리가 모였다.

"나 아니라니까."

부정하는 최민희가 조금 비굴해 보였다.

"과장님 지난 여름휴가 때 뭐 하셨어요?"

"집에서 쉬었잖아."

최민희는 뭐 대수냐는 듯 대꾸했다.

"남편분은 체질 개선하신다고 교회에서 하는 단식원에 가셨잖아요. 일주일 내내 혼자 집에 계셨어요?"

황미나는 대놓고 묻고 싶은 걸 돌려 말했다.

"무슨 말이 하고 싶은 거야? 돌리지 말고 단도직입적으로 말해."

"과장님이 그렇게 말씀하시니까 저도 솔직하게 여쭤볼게요. 여름휴가 때 김 대리가 과장님 댁에 갔었죠?"

"그랬지."

"남편분도 안 계시는 집에 김 대리 혼자 과장님을 찾아갔다? 좀 이상하지 않아요?"

"황 대리, 무슨 말을 그렇게 해?"

최민희는 기가 막혀 그렇게밖에 말하지 못했다. 오병수가 황미나를 제치고 말하기 시작했다.

"그러니까 황 대리는 과장님이 김 대리랑 그렇고 그런 사이라는 거예요?"

최민희는 속을 뒤집어 까고 싶은 심정이었다. 친동생같이 생각하는 김 대리와 불륜으로 몰아가려는 직원들이 섭섭하다 못해 괘씸했다. 시험관 시술이 계속 실패하자, 남편은 교회에 매달렸다. 열성을 넘어서 광기에 가까웠다. 새벽 네 시면 자리에서 일어나 교회 나갈 준비를 했다. 남편의 강요에 최민희도 같이 교회를 다녔다. 교회 봉사 활동에 매달리느라 살림에서 손을 놓은 지도 오래였다. 냉장고에는 유통기한이 지난 우유와 달걀이 썩어 가고 있었다. 시어머니가 담아 준 김치나 밑반찬에 뽀얗게 곰팡이가 피었다. 토스트 빵은 입구를 여미지 않아 딱딱하게 굳었고 싱크대에는 항상 설거지해야 할 그릇들이 가득했다. 회사에서 일하고 교회 봉사 활동까지 하느라 집은 늘 돼지우리였다. 새벽에 일어나 방치된 쓰레기를 치우느라 정신이 없었다. 남편은 청소를 하는 최민희를 데리고 새벽 기도를 갔다. 주말이면 교회에 나가 종일 있어야 했다. 남편은 교회에 가기 싫다는 최민희에게 폭언을 퍼부었다. 집이 아니라 지옥이었다. 그 지옥에서 벗어나게 해 준 것이 김 대리였다.

"과장님, 솔직하게 말해 보세요. 휴가 때 김 대리랑 뭐 했어요?"

"그때 내가 집안일로 너무 힘들어하니까 김 대리가 세탁기 놔 주러 온 거였어."

"김 대리가 왜 세탁기를 놔요? 설치 기사 있잖아요."

최민희가 변명을 하면 할수록 직원들의 의심은 더해 갔다.

"드럼 세탁기가 있긴 한데, 세탁기가 한 대 더 있으면 좋겠더라고. 이불 빨래도 하고. 그래서 용량 큰 걸로 한 대 더 샀어. 김 대리가 세탁기 골라 주고 설치하는 거 봐주고 그랬지, 뭐."

팀원들은 '거짓말 같은데.'라고 얼굴에 쓴 채로 최민희를 쳐다봤다.

"막말로 내가 김 대리랑 무슨 사이면 김 대리가 우리 집에 왔었다는 사실을 굳이 말했겠어?"

그제야 팀원들은 수긍하는 눈치였다. 여름휴가 후 직원들이 어디 다녀왔느냐는 물음에 최민희는 무심코 김 대리가 집에 놀러 와서 닭볶음탕을 해 줬다고 자랑했었다. 김 대리가 옆에서 최 과장님 살림 솜씨가 젬병이라고 놀렸다. 정말 무슨 사이라면 그런 말을 천연덕스럽게 하지는 못했을 것이다.

"팀장님 댁도 들락거리는 거 같던데요."

이희진이 직원들 눈치를 살피며 말을 꺼냈다.

"밑반찬 챙겨 드리는 거잖아요."

오병수가 무감각하게 대꾸했다.

"출퇴근도 같이하는 것 같았고요. 회식 때도……."

이희진은 여기까지 말하다 멈췄다.

"문제는 박 팀장이네."

최민희가 어금니를 꽉 깨물고 말했다.

"직장 내 괴롭힘, 뭐 이런 건가요?"

최민희와 황미나가 서로 같은 생각임을 눈으로 확인했다.

"회식 말씀이시죠?"

강지훈이 합세했다. 모두들 고개를 끄덕였다. 오병수만 의구심
이 가득한 표정이었다.

"도대체 무슨 말을 하는 거예요?"

"그러니까 오 대리님이 만년 대리죠."

황미나가 답답한 듯이 오병수의 등을 손바닥으로 찰싹 때렸다.
이희진이 나섰다.

"박 팀장님이 사무실에서 가장 예뻐하는 직원이 누굴까요?"

"김 대리."

"가장 신뢰하는 직원은요?"

"김 대리."

"가장 챙기는 직원은요?"

"당연히 김 대리죠. 나도 김 대리 좋아하고 신뢰해요. 일 잘하고

싹싹한데 누군들 싫어하겠어요."

"마지막으로 박 팀장님이 퇴근할 때 챙기는 직원은요?"

"김 대리."

"아직도 모르시겠어요?"

황미나가 참지 못하고 참견했다.

"그럼, 회식 때를 회상해 봐요."

회식에서 김 대리는 분위기 메이커 역할을 톡톡히 해냈다. 김 대리는 돼지갈비를 맛있게 굽는 재주가 있었다. 상추에 싸서 한입에 먹기 딱 좋을 만한 크기로 고기가 타기 직전 불판에서 꺼내 각각의 접시에 담아 줬다. 팀원들은 김 대리가 구워 주는 고기를 황송해하며 맛있게 먹었다. 보통 회식에서 2차는 술자리로 연결되는 경우가 많았지만 김 대리가 홍보 팀에 들어온 이후로는 완전히 달라졌다. 2차는 음식을 소화시키고 땀을 뺄 수 있는 운동이 차지하게 되었다. 근처 공원에서 '얼음 땡 놀이'를 하거나 팀을 짜서 볼링이나 포켓볼을 쳤다. 식사 직후 과격한 운동은 건강에 나쁜 영향을 미치기 때문에 하지 않았다. 3차는 카페나 전통 찻집으로 이어졌다. 소화나 숙취에 도움이 되는 음료를 마시며 평소에 하지 못했던 담소를 나누었다. 김 대리가 주축이 된 회식은 편안했다. 문제가 생길 일도 없었다. 그래서 다들 김 대리와 회식하는 날을 기다렸다.

"김 대리랑 하는 회식은 언제나 좋았어요. 다른 분들은 어떨지 모르지만 전 그랬어요."

"오 대리님, 조금만 더 깊게 생각을 해 보세요."

"희진 씨 오늘 말 많네요."

황미나가 비꼬듯 말했다. 이희진은 하고 싶은 말은 많지만 억지로 참는 눈치였다. 황미나는 아까부터 이희진의 행동과 말을 유심히 지켜보고 있었다. 사람이 갑자기 변했다. 그녀의 존재감이 조금씩 커지는 게 거슬렸다. 이희진이 말하기 전에 황미나가 먼저 오병수에게 힌트를 줬다.

"회식 자리가 끝나고 나서 한번 생각해 보세요."

"회식 끝나고 집에 갔죠."

"그러니까 누가 누구랑 같이 집에 갔느냐고요?"

"택시 타고 다 따로 갔잖아요."

오병수는 뭔가 생각났다.

"그렇지. 우리는 모두 집 방향이 달라서 따로 갔고 김 대리랑 팀장님은 집 방향이 같다고 같이 갔었지."

황미나가 후렴을 넣듯이 말했다.

"택시를 타도 같이, 대리를 불러도 같이."

이희진도 보탰다.

"같이 출근한 적도 많아요."

강지훈이 말했다.

"특별한 일 없으면 퇴근도 같이했어요."

최민희도 거들었다.

"일주일 내내 출퇴근을 같이한 적도 있었어."

오병수는 설득이 덜 됐는지 의문을 품었다.

"그거야 팀장님이랑 김 대리 집 방향이 같아서 생긴 일이잖아요."

"오 대리님이 틀렸어요. 두 분, 사는 동네 완전 달라요."

이희진이 단호하게 말했다. 차고 날카로운 목소리였다. 모두들 이희진을 쳐다봤다. '우리가 알고 있던 김 대리 그림자 이희진이 맞나?' 하는 표정이었다. 황미나는 이희진을 처음으로 사랑스러운 눈길로 바라봤다. 오늘 이희진의 새로운 모습을 많이 보았고 그 모습이 싫지 않았다. 김 대리가 워낙 큰 오라를 지녔던 터라 이희진이 알게 모르게 불이익을 당한 것 같기도 했다.

"희진 씨, 두 사람 주소 확인해 봐요."

황미나가 지시했다.

"알겠습니다, 황 대리님."

목청도 커지고 자신감이 생긴 이희진은 지금까지와 완전히 다른 사람이 되어 있었다. 강지훈마저 이희진을 돌아볼 정도였다.

최민희가 물었다.

"두 사람 모두 과천 쪽에 산다고 하지 않았나."

황미나가 대답했다.

"제가 알기로 김 대리는 청담동이에요."

황미나는 자판을 열심히 두드리는 이희진을 다그쳤다.

"아직 멀었어요?"

"찾았어요. 팀장님은 과천 우리아파트고요. 김 대리님은 청담동 노블랜드 빌란데요."

"갑질 맞잖아요. 김 대리가 박 팀장 바래다주고 집에 가면 얼마나 도는 거예요."

황미나는 박종식에게 '님' 자도 안 붙였다.

강지훈이 물었다.

"회식 때는 대리 기사 대신이라지만, 팀장님은 왜 매일같이 김 대리님을 집에 데려갔던 거죠?"

황미나가 답답한 듯 가슴을 치며 말했다.

"당연히 집안일 시키려고 그랬겠죠."

"사모님 계시잖아요."

오병수가 끼어들었다.

"지훈 씨, 몰랐어요? 사모님 애들 데리고 친정이 있는 제주도에 내려가셨어요. 팀장님이 전세 사기를 당하는 바람에 살던 아파트에서 돈 한 푼 못 건지고 쫓겨났잖아요."

"그 일 아직 해결 안 된 거예요? 사모님 제주도 내려가신 지 반년은 된 거 같은데요."

"팔 개월 됐어요."

이희진이 기간을 정확하게 정정했다. 황미나는 잔뜩 화난 목소리로 말했다.

"아귀가 딱딱 맞아떨어지네요. 사모님이 제주도 간 후부터 김 대리를 집에 데려가서 일을 시킨 거였어요. 정말이지 박 팀장님 너무해요. 이건 징계감이에요."

최민희가 차분한 목소리로 말했다.

"징계뿐만 아니라 민형사상 고소감이지."

"저기요."

이희진이 조심스럽게 말을 꺼냈다.

"아까 병원 가서 알게 된 건데요, 김 대리님 불면증 때문에 수면제를 처방받고 있었나 봐요."

다들 잠시 조용해졌다. 이제야 구슬이 제대로 꿰였다.

"수면제 과다 복용이네요."

"부검이 꼭 필요한 사인 중 하나지."

마침내 드림 팀은 김 대리 사망의 미스터리를 풀었다. 김 대리는 상사인 박종식의 사내 괴롭힘을 견디지 못하고 수면제를 먹고 자살했다. 이번에는 확실히 그럴듯한 이야기가 완성되었고 팀원들은 모두 만족한 기분으로 흩어졌다. 민들레 홀씨처럼 타 부서를 돌며 이 새로운 가설을 알려야 했다. 사실 다들 입이 간지러워 자리를 지키고 앉아 있을 수가 없었다.

"팀장님 실명은 절대 말하지 않도록 주의해."

최민희가 팀원들을 단속했다.

"과장님, 걱정 마세요. 저희도 그 정도 눈치는 있어요."

말을 옮기다 보면 상황이 달라지기도 했다.

"갑질 한 사람이 누군데?"

"안 돼. 말하면 나 황 대리한테 혼나."

"오 대리, 그러지 말고 나한테만 살짝 말해 주라. 내 입 무거운 거 알잖아."

오병수는 지독한 목마름으로 입술이 허옇게 텄다. 박종식 이름을 말하고 싶어 죽을 지경이었다.

"오 대리, 우리 사이에 정말 이러기야!"

입사 동기가 버럭 화를 냈다. 에라, 모르겠다. 오병수는 될 대로 되라 싶었다. 이곳에 있는 사람만 입을 닫으면 박종식의 이름을 발설한 것이 자신이라는 것을 누가 알겠는가.

"비밀이야. 아무한테도 말하지 않는다고 약속해."

"절대 말 안 해. 진짜야."

박종식의 이름을 발설한 사람은 오병수뿐만이 아니었다. 황미나는 먼저 말하고 다녔고, 강지훈은 마지못해 말했으며, 이희진은 말하지 않고 노트에 이름을 적어서 알렸다. 최민희는 팀원들과 다르게 행동했다. 박종식 이름을 직접 언급하지 않았지만, 정황상 갑질을 한 직원이 누구인지 알게끔 말하고 다녔다. 그렇게 절대 알려져서는 안 되는 박종식의 실명이 아름아름 사내에 퍼져 나갔다. 얼마 지나지 않아 다수의 직원이 김 대리에게 갑질을 하고 그를 죽음으로 몰고 간 사람이 박종식인 것을 알게 되었다. 직원들은 뒤에서 박종식 욕을 엄청나게 해 댔다. 소문의 당사자는 이런 사실을 까맣게 모르고 휴게실 안마 의자에 앉아 졸았다. 박종식은 전에 없이 귀가 간지러워 잠이 깼다.

"누가 내 욕을 하나?"

박종식은 면봉으로 귀를 열심히 팠다.

세탁기 명상법

　남편은 초등학교 교사였다. 어머니는 배우자로 교사만 한 남자가 없다고 성화였다. 사진을 보고 턱선이 두둑한 것이 복상이라며 마음에 들어 했다. 어머니는 남자이기만 하면 사윗감으로 다 좋다고 할 것이다. 최민희가 서른셋을 넘긴 후부터 어머니는 조바심을 냈다. 삼십 대 중반에서 후반으로 넘어가는 나이가 되자, 어머니의 불안은 더 커졌다. 최민희는 어머니의 권유에 마지못해 맞선 자리에 나갔다.

　남편은 부끄럼을 잘 탔다. 맞선 자리에서 먼저 말을 꺼내는 법이 없었다. 묻는 말에 겨우 대답만 했다. 사진보다 호감형에 진중한 성격이 나쁘지 않았다. 만나는 횟수가 많아지면서 말도 곧잘 하게 되었다. 볼수록 정이 가는 스타일이었다. 처음 볼 때보다 두 번째가, 한 달 만난 것보다 두 달쯤 만나니 더 정이 갔다. 결혼식이 임박해서는 남편보다 최민희가 더 열성적으로 변했다.

　결혼하고 한 달 내내 집들이를 했다. 회사 동료, 친구들, 시댁과

181

친정까지 다양한 사람들에게 신혼집 자랑을 하고 음식을 해서 먹였다. 남편의 음식 솜씨는 일품이었다. 요리 학원을 다닌 것도 아닌데 한식부터 양식, 일식까지 웬만한 요리는 다 할 줄 알았다. 집들이에 술이 빠질 수 없었다. 집들이 손님들은 집 구경이나 맛있는 요리보다 안주인의 주량에 관심이 더 많았다. 최민희는 분위기 때문에 주는 족족 술잔을 비웠다. 취해서 입덧하듯이 화장실에 달려갔다.

집들이가 모두 끝나고 몇 주가 지난 후에 남편은 상의 한마디 없이 난임 센터에 예약을 해 뒀으니 병원에 다녀오라고 일방적으로 통보했다.

"자기도 나도 자연 임신 하기에는 늦은 나이잖아."

처음에는 기분이 나빴지만 남편의 말도 일리가 있었다. 휴가를 내고 병원에 갔더니 남편 대신 시어머니가 와 있었다. 그때 알았다. 병원을 예약한 것은 남편이 아닌 시어머니였다. 시어머니는 남편은 쏙 빼고 최민희만 검사를 받게 했다. 최민희가 검사는 남편도 받아야 한다고 했지만 시어머니는 자기 아들은 아무 문제 없다며 막무가내로 우겼다. 힘든 검사를 다 받고 다음 예약을 잡으러 의사를 만나러 갔다. 의사가 다음 진료 때는 남편과 꼭 같이 오라고 했다. 시어머니가 아까 최민희에게 했던 말을 다시 했다. 의사는 최민희처럼 시어머니를 참아 주지 않았다.

"보호자 분이 의사세요? 문제가 있는지 없는지는 검사해 봐야 아는 겁니다."

"의사 선생님이 모르셔서 그래요. 우리 아들이 마흔셋이지만 생긴 건 서른셋이라고 해도 믿거든요. 동안이에요."

"동안이 중요한 게 아니고요, 정자 나이가 중요한 겁니다."

시어머니는 남편의 생식 능력을 자신했다.

"문제는 우리 아들이 아니라 마흔이 다 돼 가는 며느리거든요. 임신 안 되는 거, 그거 여자 문제잖아요."

의사는 깊은 한숨을 쉬었다. 더는 시어머니를 설득할 생각이 없어 보였다.

"다음 예약에 꼭 아드님 보내세요. 아니면 병원 오실 필요 없습니다. 아, 그리고 만약 아드님이 검사하러 오신다고 해도 다음부터 어머니는 진료실 들어오지 마세요. 출입 금지입니다."

의사가 단호했기에 시어머니는 한발 물러났다. 다음 예약 때 남편은 최민희와 같이 병원에 가 검사를 받았다. 검사 결과는 최민희와 남편 모두 소소한 문제가 있었다. 큰 문제는 아니었기에 열심히 치료받으면 임신하는 데 큰 문제는 없을 것이라는 진단을 받았다.

남편은 학교에 휴직계를 내고 열성적으로 최민희를 도왔다. 요리는 물론이고 청소와 세탁까지 도맡아 했다. 남편이 해 주는 음식을 먹는 게 고역이었다. 남편의 요리 실력은 신혼 초와 같이 훌륭했다. 문제는 스트레스로 변한 최민희의 입맛이었다. 남편은 최민희를 생각해서 요리 학원을 등록했다. 실력이 부족해 최민희가 잘 안 먹는다고 생각해서였다. 남편의 요리 실력은 하루가 다르게 발전해 음식점을 차려도 될 정도였다. 그러면 뭐 하나. 최민희는 남편이 만든 음식을 도저히 먹을 수 없었다.

남편은 최민희가 병원에 가는 날이면 만사 제쳐 놓고 따라갔다. 두 사람은 술을 줄이고 담배를 끊었다. 세 번이나 시험관 시술이 실패했다. 시험관 시술은 힘든 과정을 거쳐야 했다. 최민희는 몸이 많이 상했다. 남편은 첫 검사 때 정액을 채취한 것 말고는 한 일이 없어 여전히 건강했다. 시어머니와 남편은 네 번째 시험관 시술을 강요했지만 의사가 반대했다. 건강 회복이 우선이었다.

그때부터 남편은 병원 건물은 쳐다보지도 않았다. 시어머니와 같이 유명 점집을 찾아 전국을 순례했다. 전라도 어디로 점을 보러 갔다 와서는 결혼 전에 낙태한 적이 있었냐고 따졌다. 불임 이유가 낙태령 때문이란 점괘가 나왔기 때문이었다. 최민희가 낙태한 적이 없다고 했지만, 남편과 시어머니는 억울하게 죽은 태아의 천도제를 지내 줬다. 점쟁이는 갖가지 구실을 내세워 굿을 하게 했다. 굿을 하느라 큰돈을 잃고 모자는 점집을 끊었다.

남편은 요즘 열성으로 교회를 다녔다.

"이렇게 열심히 기도하면 하나님이 내 소원을 들어주시겠지?"

남편이 물으면 최민희는 영혼 없이 고개를 끄덕였다.

"그럼, 당연히 기도를 들어주실 거야."

최민희는 명치끝이 답답해지는 것을 느꼈다. 체한 것 같기도 했다. 교회에 열심히 다녀도 임신하지 못하면 어떻게 될까. 절에 가자고 할까 봐 벌써 걱정이 됐다.

남편은 어느 날부터 집안일을 전혀 하지 않았다. 집안일을 안하는 건 최민희도 마찬가지였다. 회사에서 일하고 병원에 다니다 보면 집안일을 할 여력이 없었다. 퇴근하면 소파에 누워 움직일 줄 몰랐다. 그들이 바빠서 신경 쓰지 못하면 밥솥은 언제까지나 보온 상태였다. 최민희는 퇴근하면 집에 돌아와 햇반을 데워 김이나 즉석 카레와 함께 먹었다. 그러고는 소파에 누워 홈쇼핑을 시청했다. 홈쇼핑은 참으로 유용한 프로그램이었다. 몰랐던 상식도 알 수 있고 좋은 제품을 싼 가격에 만날 수 있었다. 홈쇼핑을 보고 있노라면 언제 시간이 갔는지 알 수 없을 지경이었다.

진공청소기는 홈쇼핑에서 사들인 최초의 물건이었다. 마지막 시험관 수술이 실패로 돌아가자 최민희는 화를 참지 못하고 청소기를 집어 던져 박살을 냈다. 급하게 청소기가 필요했고 마침 홈쇼핑에서 청소기 방송을 했다. 배송 받은 청소기는 품질이 좋았다. 할인 마트에 갔다가 우연히 홈쇼핑에서 구입한 청소기를 보고 합리적인 가격에 잘 샀다는 것을 알게 되었다. 그렇게 최민희는 홈쇼핑의 세계에 발을 담그게 되었다.

삼일절에 홈쇼핑을 보다가 스팀 청소기도 샀다.

"삼일운동이 도화선이 되어 우리나라가 광복을 맞이하지 않았습니까? 저는 오늘을 대한민국 주부님들의 청소 해방일로 지정하고 싶습니다. 청소는 땡땡 스팀 청소기에 맡기시고 자유를 찾으세요."

이 멘트에 마음을 쏙 빼앗겨 날름 전화기를 들었다. 방송처럼 스팀 청소기가 바닥의 찌든 때를 말끔히 청소해 주겠지. 청소 시간이 대폭 줄어들면 홈쇼핑을 시청할 시간이 그만큼 길어질 것이다. 하지만 생각과 달리 스팀 청소기는 포장도 뜯지 않고 창고에 처박혔다.

스팀 다리미를 샀다. 바쁜 아침에 스팀 다리미만 있으면 일 분만에 옷을 다릴 수 있었다. 주름 없이 팽팽한 셔츠는 최민희의 기분을 업시켜 주었다. 그 외에도 전자레인지에 삼십 초만 돌리면 촉촉해지는 아침 대용 영양 떡, 만능 세제, 포도씨유 세트, 복분자 음료, 호두 등을 사들였다. 요즘은 외제 차도 홈쇼핑에서 팔았다. 탱크, 헬리콥터, 제트기를 팔 날도 머지않은 것 같았다. 최민희는 홈쇼핑을 보고 영양제를 사들이며 천년만년 영원히 불행하게 살면 어쩌나 걱정했다.

홈쇼핑을 통해 장기주택마련 저축에 들었다. 집을 사려고 든 것은 아니었다. 이제 대한민국에서 집을 살 수 있는 사람은 부모나 조부모가 부자인 소수뿐이었다. 연말 소득공제를 받을 수 있고 십 년 가입 시 비과세에 복리 이자까지 챙길 수 있다는 쇼핑 호스트의 말에 혹해서 든 것이었다. 연금 보험, CI 보험, 실손 보험, 이렇게 보험 상품을 세 개나 들었다. 혜택이 좋아서 남편 보험도 들려고 했는데 "나 죽으면 그 돈으로 재혼하게?"라며 눈을 부라리는 통에 그만두었다. 그러다 최민희 홈쇼핑 인생 최대의 위기를 맞게 되었다.

그날도 최민희는 퇴근해서 텔레비전 리모컨부터 찾았다. 거실 바닥에 널브러져 있는 잡동사니를 발로 대충 한쪽에 밀어 놓고 피곤에 찌든 몸을 소파에 눕혔다. 마침 보험 상품을 소개하고 있었다. 최민희는 "앗싸!"를 외치고 볼륨을 높였다. 하루 동안 쌓였던 스트레스를 날릴 시간이었다. 쇼핑 호스트는 자녀 학자금을 지원해 주는 보험 상품을 열심히 소개하고 있었다. 태아 때부터 가입할 수 있는 상품이었다. 초중고 입학 축하금, 학원비, 어학연수 자금, 컴퓨터 구입 비용, 대학 학비까지 줄줄이 찾아 쓰고도 만기 때 목돈을 지급해 주는 조건의 보험이었다. 최민희는 눈이 번쩍 뜨였다.

'세상에 이런 좋은 보험이 다 있었어?'

보장은 보장대로 받고 만기에 목돈까지 챙기는 보험이라니, 이건 절대 놓칠 수 없지. 최민희는 홀린 듯 수화기를 집어 들고 상담 센터 전화번호를 눌렀다. 며칠 후, 퇴근해서 집에 돌아온 최민희는 깜짝 놀랐다. 남편이 집안 살림을 죄다 부숴 놓았다. 보험 회사에서 남편에게 전화를 한 모양이었다. 홈쇼핑 가입을 남편 명의로 해서 전화가 남편에게 갔다. 상담사는 남편에게 자녀가 몇 명이냐고 물었다. 대답이 없자 상담사는 "한 명이세요?"라고 다시 물었다. 남편이 대답하지 않자 상담사는 제멋대로 자녀가 한 명이라고 받아들였다. "자녀는 한 명이고요. 요즘처럼 힘들 때는 한 명이 나아요."라는 망언을 늘어놓았다. 상담사는 다시 "남자아이예요, 여자아이예요?"라고 성별을 물었다. 대답이 없자 "여자아이군요. 요즘은 딸들이 효도한대요."라고 자문자답하고는 "몇 살이에요?"라고 물었다. 남편이 대답이 없자 "나이가 아주 중요하거든요. 나이에 따라서 보험금이 달라져요."라고 말했다. 남편은 조용히 전화를 끊었다. 엉망이 된 집안 꼴을 보며 최민희는 홈쇼핑을 끊어야겠다고 생각했다. 하지만 생각은 생각에 머물 뿐이었다. 힘들고 우울할 때면 습관적으로 홈쇼핑을 틀었다.

여름휴가 때였다. 남편은 단식원에 들어갔다. 표면적인 이유는 건강 때문이라지만 휴가 내내 최민희와 한 집에 있기 싫어 피한 것이다. 혼자 집에 있으니 오만가지 생각이 다 들었다.

'이렇게 살 바에는 차라리.'

최민희는 자살 충동을 느꼈다. 10층 아파트에서 눈 딱 감고 뛰어내리면 그만이었다. 불과 몇 달 전에도 앞 동에서 부부 싸움 도중 남자가 아파트에서 투신하는 사건이 있었다.

우울한 마음을 달랠 길 없어 낮술을 마시고 있는데 김 대리한테 전화가 왔다. 울고 싶자 때린다더니 마침 전화한 김 대리한테 신세한탄을 한바탕 늘어놓았다. 최민희는 남에게 남편 얘기를 전혀 안 했다. 치부를 드러낼 용기가 없었다. 가족도 예외 없었다. 손자 타령만 하는 어머니에게 차마 속을 털어놓을 수 없었다. 조카들을 귀여워해 명절 때마다 옷이나 신발을 사다 나르던 남편은 어느 날부터 조카들의 웃음소리도 듣기 싫어했다. 애들만 보면 남편은 입이 퉁퉁 불어 아무런 말도 하지 않았다. 입은 온전히 먹기 위해서 존재했다. 신혼 초만 해도 과체중이긴 했지만 풍채 있어 보인다고 어른들이 좋아하는 스타일이었다. 그러던 것이 조금씩 살이 찌더니 어느 순간 경도 비만을 지나 고도 비만이 되어 있었다. 초고도 비만이 되는 것은 시간 문제였다. 최민희는 김 대리에게 속에 있는 말을 전부 털어놓았다.

"앞 동 남자처럼 뛰어내리면 그만이야."

최민희는 취기를 못 이기고 수화기를 든 채 소리 내어 울었다. 김 대리는 최민희가 전화를 끊지 못하게 계속 말을 시켰다. 한참 후 초인종이 울렸다. 인터폰 화면에 김 대리가 비쳤다. 김 대리는 최민희가 불안정한 것을 바로 눈치채고 콜택시를 불러 한달음에 달려왔다. 최민희가 허튼짓을 못 하게 통화를 계속하면서 말이다.

최민희가 내놓은 오렌지주스를 마시던 김 대리가 말했다.

"세탁기를 한 대 사시는 건 어때요?"

"세탁기는 왜?"

"마음을 다스리는 데 명상만큼 좋은 게 없거든요."

"명상이랑 세탁기가 무슨 상관인데?"

"명상이 육체와 영혼을 분리하는 일이라면, 세탁기는 다른 차원으로 가는 이동 통로예요. 명상과 세탁기가 만나면 무슨 일이 생길까요? 과장님, 제 말 믿고 이번 기회에 세탁기 한 대 들여놓으세요."

최민희는 김 대리의 조언에 따라 세탁기를 새로 샀다. 일반 세탁기의 세 배에 달하는 슈퍼 플러스플러스 대용량이었다. 침대 매트리스도 세탁할 수 있다고 선전하는 브랜드 제품이었다. 최민희는 발끝을 들고 체중을 세탁기에 실었다. 오른발을 먼저 세탁기 속에 넣었다. 그런 다음 왼발마저 세탁기에 넣었다. 선 자세에서 똑바로 앉았다. 엉덩이와 어깨를 뒤틀어 가며 몸을 세탁기에 구겨 넣었다. 고개를 다리 사이에 끼워 넣었다. 태아처럼 몸을 웅크린 자세였다. 세탁기 안은 손가락 하나 들어갈 수 없을 만큼 꽉 찼다. 최민희는 그 좁은 공간에서 한 시간씩 명상에 잠겼다. 최민희는 눈을 감고 초원을 생각했다. 구릿빛 갈대가 바람에 날려 군무를 추듯 흔들렸다. 끝이 보이지 않는 대초원 한가운데에 최민희가 서 있었다. 실오라기 하나 걸치지 않은 알몸으로 초원의 햇살과 바람을 온몸으로 느꼈다. 가슴이 확 뚫렸다. 복부를 가득 채우고 있던 흙덩어리들이 비눗방울이 되어 코를 통해 퐁퐁 날아갔다.

세탁기에서 명상을 시작한 이후 피부가 좋아졌다. 집안일에 재미를 붙였다. 남편의 강요 없이 교회를 열성으로 다니게 되었다. 최민희는 힘든 일이 생길 때마다 세탁기를 찾았다. 남편이 집에 있을 때는 사용이 불가능하다는 단점이 있었지만 괜찮았다. 다행히 남편은 집을 자주 비웠다. 최민희는 세탁기 명상을 통해 마음의 평화를 찾았다. 감정 동요가 심한 일에도 평정심을 유지할 수 있게 되었다.

우울한 사람, 세상에 혼자만 남겨진 것 같은 사람, 불운한 사람들 모두 세탁기를 사세요. 세탁기가 여러분에게 마음의 평화를 선물할 것입니다.

새로운 사실들

    강지훈이 김 대리의 이메일 비밀번호를 뚫었다. 김 대리의 주민 등록번호와 핸드폰 번호를 조합해서 어렵게 찾아냈다. 메일함은 텅 비어 있었다. 스팸 메일조차 없었다. 보낸 메일마저 깨끗이 지워져 있었다. 죽을 줄 알고 미리 정리를 마친 것만 같았다. 확실히 김 대리의 메일함은 인위적인 데가 있었다. 솜씨 좋은 강도처럼 김 대리는 아무것도 남기지 않고 죽어 버렸다.

    강지훈은 김 대리의 인스타그램을 분석하기 시작했다. 김 대리는 하루에 세 개에서 다섯 개 사이의 게시물을 꾸준히 올리고 있었다. 하지만 김 대리가 올린 게시물을 보면 80% 이상이 유명인의 글을 퍼 온 것이었다. 그 외에는 패션, 뷰티 관련 기사와 유명인의 가십을 올려놓은 것이 전부였다. 김 대리의 인스타그램은 타인의 생각과 추측성 기사를 종합 선물 세트로 모아 놓은 것이었다. 기본으로 '좋아요'를 몇백 개씩 받는 게시물의 수준이 너무 낮았다. 강지훈 또한 김 대리가 백화점에서 큰마음 먹고 산 스웨덴 식탁 매트나 핫한 카페, 일주일 동안 읽어야 할 도서를 늘어놓고 찍은 사진에 '좋아요'를 눌렀다. '좋아요'를 누른 것은 일종의 습관이었다. 사진만 대충 보고 글은 읽지도 않았다. 이상한 점은 그렇게 많은 게시글을 봤는데도 김 대리가 어떤 사람인지 도통 모르겠다는 것이었다. 김 대리의 인스타그램에는 김 대리가 없었다. 붕어빵에 붕어가 없는 것과 같았다. 가족이나 친구들 이야기가 전혀 없었다. 감정, 생각, 정치색도 전혀 드러나지 않았다. 그냥 무엇을 사고 어떤 것을 먹었는지 그리고 어디를 갔는지만 가득했다. 강지훈은 속은 듯한 기분이 들었다. 불쾌감에 노트북을 소리 나게 덮었다.

메일 알림음이 울렸다. 승모근이 단단하게 굳어지는 기분이었다. 강지훈은 노트북을 천천히 열었다. 김 대리의 메일함에 새로운 메일이 한 통 와 있었다. 강지훈의 손이 심하게 떨렸다.

"김 대리님한테 메일이 왔어요!"

강지훈은 직원들을 향해 소리쳤다. 직원들이 강지훈 주변으로 모여들었다. 다들 눈을 동그랗게 뜨고 강지훈의 손가락을 지켜보았다. '안녕하세요.'라는 제목이었다. 강지훈은 메일을 클릭했다.

"뭐야? 잘못 온 거잖아요."

황미나가 힘 빠진 목소리로 말했다. 전국의 유명 관광지를 홍보하는 여행사 메일이었다. 강지훈은 잔뜩 긴장한 근육이 일시에 풀렸다. 몸에서 힘이 쫙 빠졌다.

"지훈 씨, 다른 건 뭐 알아낸 거 없어요?"

"아무것도 없어요. 일부러 누가 지운 것 같아요."

황미나가 오병수를 쳐다봤다.

"오 대리님이 알아보겠다는 건 어떻게 됐어요?"

"전화 주겠다고 했는데 바쁜지 아직 연락이 없네요. 연락되는 대로 내가 직접 만나 보려고요."

다들 힘이 빠져서 자기 자리로 돌아갔다.

박종식은 울고 싶었다. 통장 잔고가 구만 칠천팔백오십 원이었다.

"십만 원을 할 것인가, 오만 원을 할 것인가. 그것이 문제로다."

담배 한 개비를 뽑으며 햄릿처럼 뇌까렸다. 부조로 십만 원을 하자니 잔고가 부족했고 오만 원을 하자니 체면이 서지 않았다. 아들 둘을 낳고부터 늘 돈에 쪼들렸다. 남들처럼 먹이고 입히고 공부시키는 것이 쉽지 않았다. 투자는 선택이 아닌 필수였다. 다들 아파트와 토지 혹은 주식에 투자해 돈을 벌고 있었다. 자신만 바보처럼 월급에 목매고 살 수는 없었다. 투자로 재산을 잃고 큰 빚까지 진 박종식에게 경조사는 자연재해와 같은 것이었다. 예고 없이 찾아와서 인명과 재산에 큰 피해를 주고 사라지는 자연재해

말이다. 박종식은 한숨이 절로 나왔다. 이혼 도장을 찍고 나면 마누라한테 보내는 생활비를 반으로 줄일 생각이었다.

'생활비가 부족하면 벌어서 쓰라지.'

어차피 양육 책임은 부부에게 반반씩 있었다. 박종식은 마지막 담배 한 모금을 깊게 빨았다.

오전 내내 자리를 비웠던 박종식이 코가 빨개져서 돌아왔다. 꼭 만취한 사람 같았다. 취한 건 아니었다. 박종식은 타고난 술꾼이었지만 알코올이 한 방울만 들어가도 코가 빨개졌다. 젊었을 때부터 그랬다. 당뇨병 발병 이후로는 회식 때도 맥주 한 병을 넘긴 적이 없었지만, 회식 자리의 술을 혼자서 다 마신 것 같다는 오해를 받기 일쑤였다. 그런 그가 오늘은 점심을 먹으면서 맥주 한 병을 다 마셨다. 취기는 없지만 적당한 알코올 때문에 정신이 어느 때보다 맑아져 있었다.

박종식은 장화를 벗고 실내화로 갈아 신었다. 광화문 집회는 아침보다 더 격렬해졌다.

"지금 광화문 전체가 물바다가 됐어. 보트를 탄 사람들이 광화문으로 몰려들고 있어. 시위 도중에 불상사가 생겼나 봐."

박종식은 이상한 낌새를 챘다. 사무실 분위기가 냉랭했다. 인사를 하는 팀원이 한 명도 없었다.

"왜 그래? 무슨 일 있어? 식스 팩 보정 속옷 론칭 행사 준비에 문제 생긴 거야?"

박종식은 속이 터졌다. 신제품 론칭 행사부터 시작해 카탈로그 제작까지 시간은 부족하고 준비는 지지부진했다. 팀원들은 하나같이 의욕이라고는 없어 보였다.

"황 대리, 모델 결정했어?"

"……"

"오 대리는 카피 썼고?"

"……"

"지훈 씨, 촬영 장소 섭외는 어떻게 됐어?"

"……"

하나같이 입을 닫았다. 박종식을 없는 사람 취급했다. 화가 치솟았다.

"물대포 맞으면 백치가 된다던데 단체로 물대포라도 맞은 거야?"

최민희가 먼저 입을 열었다.

"팀장님, 약주 한잔하셨어요?"

최민희는 생글거리고 웃었다. 어찌 보면 비웃는 것처럼 보이기도 했다. 소름이 끼쳤다. 승리한 사람이 패배한 사람을 위로하는 듯한 뉘앙스였다. 싸한 분위기에 박종식은 최민희에게 눈길도 주지 않았다. 박종식은 최민희를 제외한 다른 직원들을 보며 말했다.

"참, 김 대리 일은 어떻게 됐어? 화환은 좋은 걸로 보냈지?"

박종식을 보는 직원들의 눈빛이 묘했다. 여전히 박종식의 질문에 대답하는 팀원은 한 명도 없었다.

"팀장님, 사모님은 안녕하시죠?"

황미나가 물었다. 바로 오병수가 황미나의 말을 받았다.

"제주도 내려가신 지 한참 되신 거 같은데 언제 올라오세요?"

"그건 왜? 황 대리, 오 대리가 언제부터 우리 집사람 일에 그렇게 관심이 많았어?"

최민희는 혼잣말하듯 말했다.

"집에 살림할 사람이 없으면 여러 가지로 힘들 텐데. 우렁 각시라도 숨겨 두셨나?"

강지훈도 거들었다.

"우렁 신랑일 수도 있죠."

박종식이 발끈했다.

"뭔 소리야. 알아듣게 말을 해."

박종식을 제외한 직원들이 이희진을 쳐다봤다. 이희진도 아까부터 무슨 말을 할까? 속으로 계속 생각하고 있었다. 적절한 타이밍과 멘트를 찾지 못했을 뿐이었다. 직원들의 눈총이 따가웠다. 이희진은 '에라, 모르겠다.' 하는 심정으로 외쳤다.

"자재부 유 과장님이 성추행 건으로 대기 발령 당하셨다는데, 팀장님은 괜찮으세요?"

이희진이 쐐기를 박았다. 다들 놀라서 이희진을 쳐다보았다. 이희진은 침을 꿀꺽 삼켰다. 얼굴로 피가 확 쏠렸다. 황미나는 속으로 '이희진, 저거 보통 아니네.'라고 생각했다.

"도대체 다들 무슨 말을 하는 거야. 한마디도 못 알아듣겠네. 됐고. 영안실 어디래?"

"부검 대기 중이래요."

황미나가 무심히 대꾸했다.

"부검? 교통사고라며?"

"처음에는 저희도 그렇게 생각했죠."

"그런데?"

"팀장님, 정말 모르세요?"

"뭘?"

최민희는 무언가를 말하려다가 참았다.

"자네들 도대체 왜 이래? 불만이 있으면 말로 해. 인정머리들하고는. 한솥밥 먹던 동료가 죽었는데 신경 쓰는 인간이 하나 없어."

"우리 회사에 직원한테 엄청나게 갑질 하는 팀장이 있대요. 회식 때는 아무렇지 않게 대리 운전을 시키고요, 매일 집에 불러서 청소, 빨래, 요리까지 시켰다잖아요. 갑질 상사 몰아내야 하는 거 아니냐고 다들 난리예요. 팀장님은 이 일에 대해 아시는 거 없으세요?"

최민희였다. 다들 최민희를 쳐다봤다. 최민희는 개선장군이라도 된 듯이 당당했다. 잘못한 것도 없이 몸을 움츠린 건 박종식이었다.

'최 과장 저 인간이 미쳤나? 쥐도 도망갈 구멍을 보고 몰라고 했는데 김 대리 그렇게 되고 내가 너무했어. 그건 그렇고 화내는 모습까지 멋진 것이 아주 재수가 없어.'

그러다 무시하는 게 최상의 공격이라는 결론에 도달했다. 알아들을 수도 없고 말 같지도 않은 질문은 무시했다. 박종식은 버럭 소리를 질렀다.

"김 대리 보호자 전화번호나 줘! 내가 직접 전화할 테니까!"

박종식은 황미나에게 전화번호를 받아 팀장실로 들어갔다. 팀장실 내부는 밖에서 훤히 들여다보였다. 박종식이 팀원들을 감시하는 게 아니라 팀원들이 박종식을 감시하기 좋은 구도였다. 박종식은 책상에 앉아 메모지를 보고 전화를 걸었다. 그 모습이 유리창을 통해 보였다.

"아닌가?"

오병수가 고개를 갸웃거렸다.

"아닌 거 같아요."

강지훈도 동조했다.

"잘못 짚은 게 확실해요."

이희진마저 박종식은 아니라는 표현을 해 왔다. 황미나는 반박할 말이 떠오르지 않았다.

"그럼 도대체 누구예요?"

최민희는 마지막까지 박종식을 범인으로 몰았다. 이래저래 그동안 쌓인 감정의 골이 깊었다.

"박종식 저 인간이 맞아. 아직도 모르겠어? 저 능구렁이 같은 인간이 연기를 하는 거라고."

최민희가 밀어붙였지만 대세는 이미 기운 후였다. 박종식을 잡을 기회를 이렇게 허망하게 날려 버리다니, 최민희는 속이 쓰리다 못해 불타 버릴 것 같았다.

예고도 없이 전화벨이 울렸다. 불길한 기운이 사무실에 깔렸다. 팀원들은 전화벨 소리에 놀라 다들 제자리로 돌아갔다. 아무도 전화를 받지 않았다. 결국 이희진이 전화를 받았다.

"홍보 팀 이희진입니다. 무슨 일이야? ……전화했었어?"

이희진은 책상 한구석에 엎어 놓은 핸드폰을 들었다. 입사 동기인 영업부 미영의 부재중 전화가 열 통이 넘었다.

"무슨 일 있어? ……자살 맞아. 응. 수면제 과다 복용. ……뭐?"

이희진은 조그맣게 속삭이기 시작했다.

"그래서…… 그래서…… 뭐라고? 정말이지? 응, 알았어."

이희진이 황미나의 귀에 대고 뭐라고 속삭였다.

"희진 씨, 동기한테 다시 전화해요."

"네?"

"내가 직접 통화해 봐야겠어요."

"그 친구가 내성적이라 직접적으로 나서고 싶지 않다고 했어요."

"희진 씨, 그니까 만나는 게 아니라 통화하겠다는 거잖아요. 목소리만 듣고 누군지 어떻게 알아요. 소문내고 싶어도 못 내요."

이희진은 내키지 않았지만 전화를 걸었다. 미영은 이희진의 설득에 쉽게 넘어가지 않았다. 옆에서 지켜보고 있던 황미나가 참지 못하고 이희진의 핸드폰을 빼앗아 들었다.

"여보세요? 익명 보장해 준다니까요. 다른 사람은 절대 몰라요."

황미나는 성심성의껏 설득했다. 결국 미영이 입을 열었다.

"그러니까 가족들 선물을 사려고 연휴 첫날 백화점 가던 길에 김 대리님을 봤어요. 그런데 그게…… 이런 말 함부로 해도 될지 모르겠어요."

황미나는 핸드폰 녹음 기능을 켰다. 옆에서 이희진이 말렸지만 소용없었다.

"괜찮아요. 증인의 비밀은 꼭 지켜 드릴게요. 아까 희진 씨한테 말한 대로만 이야기해 주면 돼요. 그날 뭘 봤죠?"

"김 대리님이…… 불법 성인 PC방에 들어가는 걸 봤어요."

미영은 승용차를 몰고 백화점을 가는 길이었다. 연휴 첫날이라

시내에 차가 많았다. 큰길가를 빠져나와 골목으로 들어갔다. 밀리는 대로로 가느니 좁고 가파른 골목길로 돌아가는 게 더 빨랐다. 그리고 빌라촌 뒷골목의 허름한 성인 PC방에 들어가는 김 대리를 보았다.

"PC방에 들어가는 뒷모습을 차 안에서 얼핏 봤다고 했는데, 김 대리가 확실해요?"

"확실히 김 대리님이었어요. 김 대리님이 원래 키며 몸이 우월하잖아요. 그렇게 근사한 사람 찾기 힘들죠. 잘못 볼 리가 없어요."

황미나는 미영의 말이 그럴듯했다.

"김 대리 태도는 어땠어요?"

"워낙 잠시 본 거라서요……."

"잠깐 봤다고 모른다고 발뺌하면 안 되죠. 생각해 봐요. 증인의 말 한마디에 김 대리 죽음의 미스터리를 해결하느냐 마느냐가 걸렸다고요."

황미나는 미영을 마구 몰아붙였다. 심문이 이렇게 재밌는 일이었던가. 직업을 잘못 선택했나 싶었다. 형사가 적성에 딱 맞았다. 황미나는 심문에 강도를 높였다.

"증인, 정신 안 차립니까. 그날 PC방에 들어가던 김 대리의 태도는 어땠냐고요!"

"모르겠어요."

"증인이 모른다는 게 말이나 돼요? 증인이 직접 목격했잖아요."

"그게."

"어서 말하세요. 빨리요!"

"맞아요. 이제 생각났어요."

황미나의 강압적인 태도에 질려 버린 미영은 보지도 않은 것을 꾸며 내 얘기했다.

"김 대리님, PC방에 들어가기 전에 주변을 힐끔거렸어요."

황미나는 미영의 마지막 말을 되새겼다. 그럴 법했다. 불법 성인 PC방에 들어가는 것을 누군가 볼까 봐 주위를 살핀 게 맞을 거다. 치부를 들키고 싶지 않았겠지. 자신도 부끄러운 일을 하기 전에 그런 적이 있지 않았던가.

"증인, 조사받느라 수고 많았어요."

황미나는 듣고 싶은 말을 다 들었다. 만족한 미소를 지으며 상대가 전화를 끊기 전에 먼저 끊었다.

황미나는 오병수의 귀에 통화 내용을 속삭였다. 오병수는 최민희의 자리로 가 말을 전했다. 강지훈은 이희진의 옆에 와서 무슨 일이냐고 조용히 물어 왔다. 천 리 길도 한 걸음부터다. 이렇게 발 없는 말은 또 천 리를 가리라.

불법 도박을 일삼던 김 대리는 과도한 빚을 이기지 못하고 극단

적······.

머지않아 김 대리의 이야기는 사내 전체를 돌았다. 직원들은 김 대리를 씹고 뜯고 맛보고 즐겼다. 소문 전쟁이 조용히 회사를 뒤 집어 놓았다.

이희진은 화장실에 갔다가 오전에 만났던 청소 아줌마를 만났다.

"우리 김 대리가 도박 중독이었다는데 그 말이 진짜예요?"

"네."

"아이고, 이를 어쩐대."

청소 아줌마는 충격으로 크게 휘청였다. 이희진이 청소 아줌마 를 잡았고 다행히 넘어지진 않았다.

"괜찮으세요?"

청소 아줌마는 이희진의 팔을 뿌리쳤다. 가슴이 답답한지 가슴 팍을 쥐어뜯었다. 머리를 좌우로 흔들고, 손발을 덜덜 떨며 진실 을 받아들이지 못하고 온몸으로 거부했다.

"성인 오락실이랑 온라인 도박에 미쳐서 갚지도 못할 큰 빚을 진 게 맞단 말이에요?"

"그랬다네요."

"아이고, 내 돈. 피 같은 내 돈. 청소해 줘, 밥 해 줘, 빨래까지. 내가 제 놈한테 어떻게 했는데. 아이고, 분해서 못 살아. 억울해서 어째."

청소 아줌마는 급기야 바닥에 주저앉아 통곡했다. 화장실이 소란해지고 화장실을 이용하던 직원들이 청소 아줌마를 이상한 눈으로 쳐다봤다. 그때 어디선가 청소 아줌마들이 우르르 몰려와 울며불며 난동을 피우는 청소 아줌마를 끌고 나갔다.

"청소, 밥, 빨래까지 해 줬다고?"

이희진은 청소 아줌마의 말을 곱씹다가 피가 차갑게 식었다. 혼란스러웠다. 김 대리는 이희진이 알던 사람과 완전히 다른 사람은 아니었을까? 입사 후 처음으로 진지하게 생각해 봤다. 모든 것을 알려 주던 김 대리가 사라졌다. 해답을 찾으려면 어쩔 수 없이 생각이라는 걸 해야 했다. 생각이란 것을 했더니 잊고 있었던 몇 가지가 떠올랐다.

팀원들은 사무실 한편에 마련된 미니 정원을 김 대리 혼자 만든 줄 알았다. 화원에서 화초를 사고 벽돌을 나르고 흙을 깔고 화초를 심은 것은 이희진이었다. 주말 내내 고생해서 화초를 심어 놨는데 월요일에 와서 보니 아무것도 없었다. 김 대리가 말했다.

"꽃이 시들어서 제가 다 뽑았어요. 싱싱하지 않은 화초는 심어 놔도 금방 죽어요. 희진 씨, 주말에 헛고생해서 어째요."

혼자서 화단을 만들다 보니 시간이 오래 걸렸다. 팀원들이 다같이 했으면 반나절 만에 끝냈을 것을. 김 대리는 굳이 혼자 할 수 있다더니 바쁜 일이 생겼다며 일을 이희진에게 떠넘겼다. 화초가 시든 것은 이희진의 잘못만은 아니었다. 김 대리가 도와줬더라면 제때 심었을 테고 그랬더라면 화초가 시드는 일도 없었을 것이다. 그때는 미처 이 생각을 못 했다. 모든 것이 자신의 잘못처럼 여겨졌다.

"김 대리님, 제가 퇴근 후에 싱싱한 화초 사다가 밤새 심어 놓을게요. 걱정 마세요."

"내가 도와줄게요."

이희진은 진심으로 고맙다고 생각했다. 애초에 화단을 만들자는 의견을 낸 것이 김 대리였다는 사실을 까맣게 잊었다. 그날 밤 화단 만드는 일이 다시 시작되었다. 화초 색상이 안 어울린다느니, 키가 안 맞는다느니, 나불나불 말만 하던 김 대리는 갑자기 집에 일이 생겼다며 먼저 돌아갔다. 지난번과 같은 상황이 반복되었다. 이희진 혼자 남아 화단을 만들었다. 자정이 넘어가자 눈이 시리다 못해 견딜 수 없이 따가웠다. 눈물이 줄줄 흘렀다. 참다못한 이희진은 사무실 의자에 앉아 잠깐 눈을 감았다. 몸이 너무 피곤했다. 어느새 잠이 든 이희진은 출근 시간이 가까워져 잠에서 깼다.

"어머, 너무 예뻐."

이희진의 눈앞에 마술 같은 일이 생겼다. 폐차 직전의 차가 레이싱 카로 변한다 해도 이보다 놀랄 것 같지 않았다. 너무나 예쁜 미니 정원이 어느새 완성되어 있었다. 당시 이희진은 김 대리가 새벽에 나와서 마무리한 줄 알았다. 그때 김 대리에게 얼마나 고마워했던지. 아까 청소 아줌마가 하는 말을 듣고 알았다. 화단의 꽃은 김 대리가 아니라 청소 아줌마가 심었다. 김 대리가 미니 정원을 만든다는 명분으로 한 일이라고는 홍보 팀 회비를 오만 원에서 십만 원으로 올린 것뿐이었다.

그뿐만이 아니다. 김 대리의 부탁을 받고 직원들 구두를 닦고 주방의 음식물 쓰레기를 버리는 일도 이희진이 했다. 팀원들은 이희진의 수고는 알아주지도 않고 무조건 김 대리, 김 대리만 찾았다. 이희진이 김 대리를 그렇게 도왔는데도 김 대리는 이희진을 위해 해 준 것이 아무것도 없었다. 김 대리에 대한 원망과 분노와 섭섭함이 거대한 해일처럼 몰려왔다.

사내에 놀라 자빠질 말들이 돌았다. 충격적인 일이었지만 신빙성이 있었다. 이야기가 처음에 누구에게서 흘러나왔는지는 밝혀진 바가 없었다. 다만 믿을 수 있는 누군가의 말이라는 것만은 확실하다고 했다. 팀원들은 '믿을 수 있는 누군가'를 찾고 싶었지만 찾을 수 없었다. 믿을 수 있는 누군가가 우리 회사 직원이라는 것만 짐작할 따름이었다.

이야기의 요지는 이랬다. 김 대리의 중학교 친구의 누나의 지인 말에 따르면(이 사람이 바로 믿을 수 있는 누군가였다) 최근에 김 대리가 종교 문제로 힘들어했다는 것이다. 김 대리가 믿는 종교는 〈PD수첩〉에도 나온 적이 있는 사이비였다. 부모님이 그 종교를 믿어 왔기 때문에 김 대리는 모태 신앙인 셈이다. 집단생활을 하는 종교라 고등학교 졸업 전까지 김 대리는 부모님과 함께 집단생활을 했다. 하지만 김 대리는 고등학교를 졸업한 뒤 더 이상 그 종교를 믿지 않았다. 김 대리가 믿음을 버리고 계율을 어겼다는 이유로 종교 단체는 그가 회사를 그만두고 다시 돌아오길 강요했다. 김 대리는 그곳으로 돌아갈 마음이 없었지만, 여전히 그곳에 남아 있는 부모님이 걱정이었다. 김 대리는 두려움에 떨었다. 교주의 말 한마디면 아무렇지 않게 불법을 저지르는 신도가 많았다. 김 대리가 어긴 계율이 무엇인지는 끝까지 말해 주지 않았다.

이희진과 입사 동기인 영업부 미영의 증언과 믿을 수 있는 누군가의 제보로 인해 사건은 급물살을 타고 풀려 갔다.

홍보 팀 팀원들은 통유리 너머로 박종식의 동태를 살폈다. 박종식은 누명을 썼다가 벗은 줄도 모르고 평온해 보였다. 잘못한 것도 없는 박종식을 실컷 욕한 것이 조금 미안했다. 그나마 다행인건 동료들이 자신의 욕을 죽어라고 한 것을 영원히 알지 못할 거라는 것이다.

이희진이 울먹였다.

"팀장님 불쌍해서 어떡해요."

"전세 사기당해서 과천 전셋집 뺏기고 청담동 형 집에 얹혀사는 줄은 꿈에도 몰랐죠."

"저번에 전셋집 근처에 원룸 잡았다고 했었어요."

"자존심 때문에 그렇게 말씀하신 거겠죠."

"결국 김 대리랑 집이 같은 방향이 맞았어요. 생사람 잡은 거죠."

최민희는 입이 썼다. 다 잡은 박종식을 놓쳐 아쉽지만, 기회는 또 오겠지.

"다들 진정해. 자책할 때가 아니야. 우리는 할 일이 있잖아."

박종식에게 사죄하는 길은 김 대리 죽음의 미스터리를 완벽하게 풀어서 보고하는 것이라 팀원들은 여겼다.

강지훈이 지인한테 제보를 받았다. 팀원들은 김 대리 죽음의 미스터리에 한 발짝 더 다가갔다.

"이번에야말로 진짜겠지?"

최민희는 지쳤다. 교통사고, 갑질, 약물 과용, 도박, 사채, 사이비 종교까지, 급변하는 죽음의 이유로 정신이 없었다. 이건 뭐 막장 드라마보다 더했다.

황미나가 확신에 차 대답했다.

"과장님, 기운 내세요. 거의 끝까지 왔어요. 그리고 이번 시나리오가 제일 그럴듯해요."

'이번 시나리오가 제일 재밌어요.'라고 말실수를 할 뻔했다. 황미나는 강지훈에게 다시 물었다. 그만큼 믿기 어려운 이야기였다.

"지훈 씨 지인이 분명히 봤다는 거죠?"

"네. 저랑 입사 동긴데요, 김 대리님이랑 다 같이 술도 몇 번 마신 적 있어요. 그 친구가 김 대리님을 못 알아볼 리가 없죠."

강지훈이 받은 제보 내용은 이런 것이었다. 김 대리가 이름만 대면 아는 남자 연예인과 함께 아프리카행 비행기를 타기 위해 출국장으로 가는 걸 봤다는 것이다.

"비행기 사고는 아니겠지?"

"과장님도 참……. 비행기 사고면 당장 인터넷에 뜨죠."

"도대체 아프리카는 왜 간 걸까요?"

"차례 지내러 아프리카 간 거 아닐까요?"

오병수가 웃자고 농담을 했다. 사무실 분위기가 너무 무거웠다.

"차례 지내러 갔다가 풍토병에 걸린 걸 수도 있잖아요. 말라리아나 체체파리에 물린 걸 수도 있고요."

"오 대리님, 제발 정신 차리세요."

황미나가 농담을 진담으로 받아서 분위기는 더 가라앉았다. 최민희도 오병수가 하는 말이 헛소리인 것을 알았다. 지푸라기라도 잡는 심정이었다.

"김 대리 고향이 어디지?"

"부산이에요."

김 대리의 이력서를 손에 넣은 황미나가 대답했다.

"가족 관계는 어떻게 되지?"

이번에는 황미나도 대답할 수 없었다. 이력서에 가족 관계는 명시되어 있지 않았다. 누구도 대답하지 않았다. 그제야 사람들은 김 대리에 대해 아무것도 알지 못한다는 걸 깨달았다. 부모님이 어떤 사람인지, 친한 친구는 누구인지, 주말에는 무엇을 하며 시간을 보내는지, 형제는 몇 명인지, 신발 사이즈가 얼마인지, 목욕탕을 몇 주에 한 번씩 가는지, 아무것도 알지 못했다. 어떤 색을 좋아하는지, 좋아하는 영화 장르는 무엇인지, 크림스파게티를 좋아하는지 토마토스파게티를 좋아하는지, 비 오는 날을 좋아하는지 맑은 날을 좋아하는지, 그 무엇도 알 수 없었다.

최민희는 이번 수사가 영 마음에 들지 않았다.

"사이비 종교 집단에서 도박에 빠져 방탕한 삶을 사는 김 대리를 교리를 내세워 제거했다는 가설이 더 그럴듯하지 않아? 아무리 생각해도 아프리카는 너무 갔지 싶어."

황미나도 자신의 추론을 어필했다.

"이건 BL이라니까요. 아프리카로 간 건 일종의 사랑의 도피인 거죠. 너무 너어무 로맨틱해."

강지훈이 말했다.

"하지만 조사가 더 필요해요. 빈 구멍이 아직 많아요."

다들 강지훈의 의견에 동의했다.

"지훈 씨 말처럼 확실한 물증부터 찾자고."

통유리 너머에서 박종식이 의자에서 일어나는 게 보였다. 팀원들은 빠르게 책상으로 돌아갔다. 박종식은 황미나를 불렀다. 황미나는 짜증이 확 올라왔다. 김 대리가 사라지자 박종식은 종일 황미나만 불러 댔다. 김 대리가 그리웠다. 김 대리가 램프 속에 든 요정이라면 이럴 때만 불러내 일을 시키고 싶었다.

"나갈 준비 해."

"제가요? 지금요? 아니, 왜 갑자기, 어디를요?"

황미나는 말을 심하게 더듬었다.

"지금 교보문고가 물에 잠겼대."

"진짜요?"

"책들이 물 위에 둥둥 떠다닌다잖아. 우리도 나가서 몇 권 건져 오자고."

강지훈이 치고 나왔다.

"팀장님, 김 대리님 보호자분 전화는요?"

"전화 목소리가 너무 멀어. 잡음 때문에 무슨 말을 하는지 알아들을 수가 없어. 물대포를 너무 쏘아 대서 그런지 전화 연결도 잘 안 되고. 일단 김 대리는 잊고 책이나 주우러 가자고."

"싫어요!"

황미나가 날카롭게 외쳤다. 이렇게 중요한 때에 자리를 뜬다는 것이 내키지 않았다. 책은 앱으로 읽으면 되지 무겁고 자리만 차지하는 종이책 따위 없어도 그만이다.

"황 대리, 그러지 말고 잠깐만 다녀오자고."

황미나는 마음이 급했다.

"싫은데."

오병수를 쳐다보며 작게 중얼거렸다.

"황 대리, 그런데 아침에 통화한 사람이 김 대리 가족 맞아?"

"맞는데, 왜요?"

황미나는 쇳소리 나는 목소리를 떠올렸다. 중년의 남자 목소리라 김 대리의 아버지가 아닐까 생각했다.

"김 대리 아버지가 맞을 거예요."

박종식이 고개를 갸웃거렸다.

"아버지라기엔 냉정한 감이 없잖아 있는 거 같단 말이야."

박종식의 말을 듣고 다시 생각하니 전화한 남자가 김 대리의 가족이 아닐 수도 있겠다는 생각이 들었다.

박종식이 대수롭지 않게 말했다.

"내가 착각한 거겠지. 부고 전화를 가족 아니고 누가 하겠어."

"새아버지 아닐까요?"

최민희였다. 박종식은 궁금증이 샘솟았다. 막장이라면 박종식
도 좋아하는 장르였다.

"그거 쌈박한 추론이야. 최 과장 한 건 했어."

드디어 박종식이 최민희에게 말을 걸었다. 최민희는 감격해서
눈물이 나올 듯했다. 박종식의 화가 풀리고 있다는 증거였기 때문
이다. 최민희는 다시는 박종식의 눈에 나는 행동은 하지 않으리라
다짐 또 다짐했다.

"어떤 심리학책에서 읽었는데요, 남자가 빨리 철드는 게 아버지
자리가 부재하면 그럴 수도 있다네요."

"그랬군. 김 대리가 가정환경이 불우했구만. 황 대리, 뭐 해. 나
갈 준비 안 하고."

"다른 직원이랑 같이 가면 안 될까요?"

황미나가 혀 짧은 소리를 냈다.

"급해. 꾸물거리다가 다른 사람들이 책 다 집어 가면 어쩌려고
그래."

"싫은데요. 물에 다 젖은 종이책 무거워서 몇 권이나 들고 올 수

있겠어요. 설령 들고 온다고 해도 읽을 수 있을지도 의문이에요. 그리고 물에 젖은 책이라 하더라도 막 집어 오면 그거 절도라고요. 그런데 팀장님, 책은 왜 주워 오자는 거예요? 설마 말려서 중고로 팔려고 그러시는 건 아니죠?"

박종식은 울고 싶었다. 어찌 저리 제 속을 꿰뚫고 있는지. 김 대리 조의금을 내고 나면 한 푼도 없다. 중고 책 팔아서 라면이라도 사려고 했더니.

황미나도 울고 싶었다. 그따위 책, 정말이지 하나도 필요하지 않았다. 김 대리 사망 원인 찾는 게 훨씬 더 흥미진진했다.

"지혜의 보고인 책이 아까워서 그래. 몇 권이라도 챙기는 게 미래 세대를 위하는 거라고. 어서 가자고."

박종식은 사무실을 먼저 나갔다. 황미나는 핸드백을 들었다 놓았다 하며 불안해했다. 강지훈이 황미나를 다독였다.

"여긴 걱정 마세요. 저희가 조사 다 해 놓겠습니다. 전 지금 김 대리님이 졸업한 학교를 찾아가 보려고요. 대학원에서 박사 과정을 밟는 친구가 김 대리님을 안다고 해서요. 그러니까 너무 걱정하지 마시고 빨리 다녀오세요."

박종식이 화가 나 사무실로 돌아왔다.

"황 대리, 안 따라오고 뭐 하고 있어?"

황미나는 서지도 앉지도 멈추지도 걷지도 못하고 절절거렸다.

"서둘러."

박종식이 다시 재촉하더니 먼저 사무실을 빠져나갔다.

"황 대리님, 파이팅."

이희진은 황미나가 처음으로 측은해 보였다.

'이렇게 중요한 때에.'

황미나는 도살장에 끌려가는 소처럼 박종식의 뒤를 따랐다.

황미나는 놀라서 입이 다물어지지 않았다. 광화문 일대가 거대한 워터 파크가 되어 있었다. 이순신 박물관에 있던 거북선이 떠다니고 있었다. 수영을 못하는 시민들은 거북선에 따개비처럼 붙어 있었다. 세종대왕 동상은 물 위에 떠 있는 듯했다. 구명조끼를 입은 시민들이 대형 튜브를 타고 속속 집회에 참석했다. 회사 앞은 잡상인들로 들끓었다. 잡상인들은 외투를 젖지 않게 해 주는 우주복을 닮은 비옷, 스노클링 물안경, 스카이다이빙 슈트와 산소통, 엔진이 달린 튜브 등을 내다 팔았다.

박종식은 해변에서 파는 대형 튜브에 앉아서 핏기 없는 얼굴로 핫초콜릿을 쪽쪽 빨았다. 갑자기 저혈당이 왔기 때문이었다. 박종식은 대걸레 막대에 초록색 오리발을 끼워서 만든 노를 황미나 손에 쥐여 줬다.

"어쩌라고요?"

엔진이 달린 튜브가 비싸다며 안 샀을 때 알아봤다. 만 오천 원 짜리 튜브를 사면서 카드 할부는 안 되냐고 묻는 박종식한테 뭘 더 바랄까.

"교보문고까지만 가면 돼. 황 대리, 요즘 다이어트하지? 그래서 내가 특별히 황 대리를 데리고 나온 거야."

황미나는 기가 막혔다. 몇 가닥 남지 않은 박종식의 머리털을 몽땅 뽑고 싶었지만 참았다. 김 대리 사망 미스터리를 풀어야 할 중대한 임무가 있는 사람을 데려다 이런 단순노동이나 시키고. 황 미나는 분노를 담아 오리발 노를 열심히 저었다. 광화문 일대는 교보문고에서 떠오른 책으로 가득했다. 물 반 책 반이었다. 도로 는 거대한 강으로 변해 있었다. 박종식은 종류를 가리지 않고 책 을 보트에 실었다. 운전자들이 버리고 떠난 차들이 둥둥 떠다녔 다. 어디서 떠내려왔는지 모를 황소가 구슬프게 울었다.

"팀장님, 그만 담으세요. 보트 뒤집어지겠어요."

"조금만 더."

황미나는 노 젓기를 멈췄다. 책이 무거워 아무리 저어도 보트가 나아가지를 않았다.

"그만 주우시라고요."

박종식은 황미나의 말을 듣지 않았다. 황미나는 보트에 있던 책 을 집어 던졌다. 박종식은 줍고 황미나는 버렸다. 같은 행동을 반복하던 두 사람은 금방 지쳤다. 물을 먹은 책이 지나치게 무거웠다. 말린다고 해도 책은 제 기능을 하지 못할 듯했다. 어디선가 오르골 소리가 들렸다. 왕자와 공주 모양의 오르골들이 물 위에 둥둥 떠내려갔다. 공주는 빙글빙글 잘도 돌았다. 누가 오르골의 태엽을 감아 준 것인지 알 수 없었다. 황미나는 오르골을 향해 손을 뻗었다. 조금만 더 손을 뻗으면 잡힐 듯했다. 아주 애간장이 녹아내렸다. 오르골은 황미나의 손을 스쳐 지나갔다. 황미나는 오르골이 스친 손가락을 내려다봤다. 돈이 없는 것도 아니고, 사면 될 것을. 자신이 한심했다. 박종식은 그 순간에도 책을 건져 올리고 있었다. 공짜를 좋아하는 건 애나 어른이나, 부자나 가난한 사람이나 다 똑같았다. 한숨이 절로 나왔다.

"팀장님, 그만 가시죠. 보트 가라앉겠어요."

"알았어. 그만 가자고."

돌아갈 때는 박종식도 노를 같이 저었다. 백지장도 맞들면 낫다더니 둘이 같이하니 힘이 확실히 덜 들었다. 황미나와 박종식은 무척 배가 고팠다. 근처 빵집에 들르기로 했다. 빵집은 물이 들어차서 어항처럼 변해 있었다. 생크림케이크가 둥둥 떠다녔다. 박종식은 생크림케이크를 낚아챘다. 두 사람은 손으로 생크림케이크를 먹었다. 체리를 먹던 박종식이 무심하게 말했다.

"김 대리 말이야. 평범하게 죽었을 것 같지는 않아."

황미나는 뒤통수를 제대로 한 대 맞은 기분이었다.

"팀장님도 그렇게 생각하셨어요? 저도 그래요. 뭔가 구린내가
나요."

"살인 사건에 휘말렸나?"

박종식의 말을 듣는 순간 황미나는 몸이 딱딱하게 굳는 것 같았
다. 지금껏 왜 그 생각을 못 했나 싶었다. 강도 살인, 납치 살인, 묻
지 마 살인 같은 끔찍한 단어가 떠올랐다.

"연휴 동안 대형 사고 터진 거 없지?"

황미나는 다시 놀랐다. 하루가 멀다 하고 끔찍한 사건들이 터지
고 있었다. 황미나는 사건 사고를 검색했다. 교통사고와 화재 사
고, 연휴 동안 친족 간에 일어날 수 있는 사고는 제외했다. 연휴 전
날 KTX 탈선 사고가 있었고, 송전탑에서 고공 농성을 벌이던 노
동자가 벼락을 맞은 사고, 서해안 고속도로에서 68중 추돌 사고,
대형 마트에서 제초제가 섞인 송편이 유통된 사건, 재래시장에서
천장이 무너져 내리면서 상인과 행인 십여 명이 죽거나 다친 사건
이 있었다. 그 외에도 언론에서 미처 다루지 못한 사건 사고가 얼
마나 일어났는지는 알 수 없었다.

황미나는 머리가 지끈거렸다. 죽는 방법도 가지각색이었다. 이
렇게 되면 수사 범위가 너무 넓어졌다. 쉽게 풀릴 미스터리가 아
니었다.

"황 대리, 나 화장실에 가고 싶은데."

"좀 참으세요."

"못 참겠어. 가까운 건물로 들어가."

"못 말려, 정말."

황미나는 보트에서 일어서서 주변을 훑어봤다. KT빌딩이 보였다. 황미나는 그쪽으로 보트를 몰았다. 황미나와 박종식은 보트를 빌딩 기둥에 묶어 두고 화장실을 찾아 건물 안으로 들어갔다. 황미나는 화장실에 가서 볼일을 보고 손을 씻었다. 손을 씻으면서 거울을 보다가 비명을 지를 뻔했다. 얼굴이 엉망진창이었다. 립스틱은 번졌고 눈썹은 반쯤 지워지고 마스카라에서는 검은 물이 흘렀다. 황미나는 휴지로 얼굴을 정리하느라 손이 바빴다. 낯선 여자들이 화장실로 몰려들었다.

"마취에서 깨어나지 못한 거면 의료 사고 아니야?"

"그러니까 부검 대기 중이지. 나보다 예쁜 남자가 무슨 성형 수술이야."

"내 말이. 기사까지 났어. 남자가 성형하다 죽는 경우 드물잖아."

"그나저나 걔 회사도 이 근처잖아. 기분 묘해."

여자들은 화장을 고치고 화장실을 나갔다. 여자들을 따라서 목소리가 줄어들며 길게 꼬리를 물고 늘어지더니 끊겼다. 여자들이 떠난 화장실 거울 앞에 황미나는 오랫동안 서 있었다. 문득 연휴 때 읽었던 인터넷 기사가 떠올랐다. 그 순간, 김 대리의 사인에 관련된 추리는 전혀 다른 방향으로 흘러갔다.

ABO 가족

 황미나의 아버지는 여성 전문 병원의 원장이었고, 어머니는 자원봉사에 열성인 전업주부였다. 위로 오빠가 둘 있었다. 큰오빠는 산부인과 전문의로 아버지 병원에서 일했고, 작은오빠 역시 산부인과 전문의로 난임 센터 연구원에서 일했다. 황미나는 하나뿐인 딸로서 아버지와 오빠들의 사랑을 독차지하고 자랐다. 웃음과 사랑이 넘치는 가정이었다.

 황미나가 처음으로 이상하다고 느낀 것은 중학교 때였다. 생물 시간에 혈액형에 대해서 배운 후였다. 부모님의 혈액형은 모두 O형인데 황미나의 혈액형이 A형이었던 것이다. 사춘기가 한창인 때라 황미나가 느낀 배신감과 불안감은 배가 되었다. 사랑하는 부모님이 친부모가 아니라니. 믿기 어려운 현실에 몸서리치며 괴로워했다. 부모님은 항상 넉넉한 사랑을 주었다. 아낌없는 경제적 지원, 때론 극성이다 싶을 정도로 교육에 열을 올렸다. 방 청소처럼 소소한 일에 잔소리를 늘어놓았고, 친구를 집에 데려가면 손수 간식을 챙기며 딸의 기를 살려 줬다. 친부모보다 더 친부모 같은 양부모였다. 그랬기에 충격은 더 컸다. 황미나가 진실을 알게 된 줄도 모르고 여전히 부모 행세에 열성인 부모님이 미워서 견딜 수 없었다. 한동안은 정신이 반쯤 나가 있었다. 나의 친부모는 어떤 사람일까? 뒤늦게 궁금증이 몰려왔다. 그리고 방황이 시작되었다.

귀가 시간이 늦어지고 유흥가를 배회하고 선생님에게 대들었다. 그렇게 일 년을 방황했다. 황미나는 고등학교에 입학하고 나서야 부모가 모두 봄베이 O형일 경우 A형의 자녀가 태어날 수 있다는 걸 알았다. 황미나는 안심했다. 문제는 대학교 때 생겼다. 큰오빠가 경미한 교통사고를 당한 적이 있었다. 그때 큰오빠의 혈액형이 AB형이라는 걸 알았다. 황미나는 작은오빠의 혈액형을 알아냈다. 작은오빠는 B형이었다. 황미나는 친딸이 아니었다. 큰오빠와 작은오빠도 모두 피 한 방울 섞이지 않았다. 가족들은 모두 유전학적으로 완벽한 남남이었다. 부모는 뒤늦게 황미나에게 진실을 말해 줬다. 황미나는 병원 로비에 버려져 있었다고 했다. 황미나의 친부모가 황미나를 버림으로써 황미나는 병원장의 딸이 된 것이다.

홍보 팀 직원들이 모두 기차를 타고 강촌으로 1박 2일 MT를 간

날 저녁이었다. 완벽주의 성향이 있었던 황미나가 주정을 할 정도로 술을 마신 건 순전히 김 대리 때문이었다. 누가 권한다고 넙죽 넙죽 받아 마실 황미나가 아니었다. 권하는 사람이 박종식이라도 마시는 건 첫 잔뿐이었다.

김 대리가 첫눈이 오던 날 눈사람이 되도록 첫사랑을 기다린 이야기만 하지 않았다면 황미나가 그렇게 급하게 술을 들이붓지는 않았을 것이다.

"사실 처음엔 엄마를 닮아서 여자 친구를 좋아하게 됐어요."

황미나가 첫사랑에 빠진 이유도 김 대리와 같았다. 첫사랑이 닮은 사람이 친아버지가 아니라 양아버지라는 점이 달랐다. 친아버지의 얼굴을 알 길이 없었다. 잊고 있었던 친부모의 존재가 다시금 그녀를 괴롭혔다.

"지나고 보니 나쁜 여자였더라고요."

황미나는 첫사랑을 떠올렸다. 그도 김 대리의 첫사랑처럼 나쁜 남자였다. 길들이기 어려운 야생마 같은 성격을 가진 남자, 온몸으로 사회 부조리와 맞서 싸우느라 여자 친구를 몹시도 외롭게 하던 사람. 구속받기 싫어하고 차갑고 제멋대로이고 심심하면 잠적하여 황미나의 마음을 아프게 했다. 그런 남자에게 빠지면 약도 없다. 물 마시고 체하면 약이 없는 것과 마찬가지였다. 시간이 흐르기를, 그래서 가슴에 맺힌 아픔이 저절로 삭기를 기다리는 수밖에 없었다. 첫사랑에 실패한 후 황미나는 두 번 다시 사랑하지 못했다. 상처받고 싶지 않아 마음의 문을 닫아걸었기 때문이다.

첫사랑 이야기를 끝마친 김 대리가 분위기를 반전시켜 밝게 말했다.

"연애 성향도 부모님 닮는다고 하잖아요? 알고 보니까 저희 아버지가 연애에 재능이 없으셨더라고요."

황미나는 실신 직전이었다. 가슴 깊이 눌러 두었던 감정이 손쓸 틈도 없이 쏟아져 나왔다. 친부모가 몹시 궁금했다. 이 나이 되도록 연애도 안 하고 웹소설만 읽는 것이 혹시 친부모의 영향은 아닐까.

"누가 황 대리 좀 말려. 무슨 술을 저리 급하게 마셔. 저러다 일 치르지."

김 대리는 산책을 하자며 황미나를 펜션 밖으로 데리고 나갔다. 두 사람은 펜션 마당 한쪽 귀퉁이에 있는 흔들의자에 앉았다. 김 대리가 입고 있던 겉옷을 벗어 황미나의 어깨에 둘러 주었다.

"친부모가 누군지 궁금해서 미칠 거 같아요. 내가 연애를 귀찮아하는 것도 그분들 때문이겠죠."

재채기처럼 속마음이 튀어나왔다. 김 대리는 언제나처럼 황미나의 말을 차분히 들어 줬다. 황미나는 속에 있는 말을 다 쏟아 냈다. 몸이 가벼워지는 것을 느꼈다. 그건 흡사 마놀로 블라닉이 열

켤레쯤 들어 있는 쇼핑백을 들었을 때의 가벼움이었다.

김 대리가 분위기 좋은 레스토랑으로 황미나를 불렀다.

"지금의 부모님이 친부모님이라고 생각하고 잊어버려요. 키워 주신 은혜가 낳아 주신 은혜보다 못한 건 아니잖아요."

"친부모를 찾아 지금의 부모를 떠나겠다는 게 아녜요. 나를 낳아 주신 분들이 어떤 사람인지 알고 싶다는 거죠."

"찾지 않느니만 못하다는 생각이 들어도요?"

"그런 생각이 들어도요."

식사를 하는 내내 두 사람은 아무 말도 하지 않았다. 디저트로 초콜릿케이크와 커피가 나왔다. 김 대리는 커피를 마셨고 황미나는 초콜릿케이크를 먹었다. 김 대리가 서류 봉투에서 오래된 신문 기사를 꺼냈다.

"황 대리님, 백일 사진은 가져오셨죠?"

김 대리는 황미나의 백일 사진과 신문 스크랩 속 갓난아기의 사진을 비교했다.

"B대학병원 로비에 버려졌다고 했죠?"

황미나는 고개를 끄덕였다.

"아버지가 그 병원에서 전문의 수련을 하셨거든요. 엄마가 아버지 만나러 병원에 가셨다가 로비에 버려진 날 발견한 거예요."

김 대리가 진료 차트를 꺼내 황미나 앞으로 밀었다.

"이게 나라는 거예요?"

"정확하진 않아요, 아직은. 원한다면 이 아이가 황 대리님인지 아닌지 알아볼 수는 있어요."

"어떻게요?"

김 대리는 동그란 모근이 살아 있는 머리카락 몇 가닥이 들어 있는 비닐 팩을 꺼내 보였다. 황미나가 말을 하려고 호흡을 들이 마시는 순간 김 대리가 먼저 말했다.

"이 사진 속 아이의 부모가 어떤 사람인지 먼저 들어요. 그리고 결정하세요."

사진 속 아이의 아버지인 남자의 본적은 P시 1184번지였다. 지금은 개발이 되어 만 세대가 넘는 대규모 아파트 단지와 전원주택 단지, 첨단 IT 단지까지 들어선 도심지이지만, 삼십 년 전만 해도 버스조차 들어가지 않는 외진 마을이었다. 한번 시내에 나가려면 한 시간을 걸어 버스 정류장에 가야 했다. 버스는 하루에 두 번, 오전 여섯 시와 오후 다섯 시에 있었다. 산이 적고 평야가 넓으며 땅이 비옥하고 물이 흔했던 마을은 부농이 많기로 소문난 마을이었다.

하지만 그런 시절도 한때였다. 사람들은 손에 흙을 묻히지 않아도 꼬박꼬박 월급이 나오는 도시로 떠나고 싶어 했다. 매일 돌아서면 마주치는 나무와 우물과 새가 싫증이 난 사람들은 낯선 거리와 공기와 사람을 찾아 짐을 쌌다. 사시사철 뜨거운 물이 나오고 생선을 마음대로 사 먹을 수 있는 도시로 사람들은 떠났다. 감자알처럼 주르륵 뭉텅이로 사람들이 고향을 떠나자, 동네는 텅 비어 버렸다. 떠난 사람들은 미련을 두지 않았고, 남은 사람들은 과거에 묶여 있었다.

전 국민이 이 아담하고 작은 마을을 주시했다. 남자가 기르던 암소가 세쌍둥이를 출산했는데 세 마리가 다 털빛이 달랐다. 누런 털 수소, 얼룩무늬 암소, 칠흑처럼 검은 털을 가진 암소였다. 기자들은 연신 셔터를 눌렀고 방송국에서 나온 사람들은 카메라를 여기저기 들이밀었다. 신기한 송아지를 보려고 주말이면 도시 사람들이 마을로 몰려들었다. 그 틈에 술빵이나 찐 고구마, 사이다 따위를 파는 사람들이 들어오고, 세쌍둥이 송아지 미니어처를 만들어 파는 장사꾼도 생겨났다.

남자는 인터뷰를 하느라 정신이 나가 있었다. 남자는 오래전부터 소에 관심이 많았으며 소를 키우는 이유도 돈을 벌기 위해서가 아니라, 세계 최초로 송아지 동물원을 만들기 위해서라고 말했다. 남자는 거짓말도 자꾸 하다 보니 느는구나 생각했다. 그러다 거짓말이 습관이 되었다. 아내가 임신했는데 태어날 아이를 제대로 기

르자면 돈이 필요했고 이런 기회가 자주 오는 것이 아니라는 걸
남자는 잘 알았다.

물밀 듯이 밀려드는 사람들을 보며 관람료로 얼마가 적당할지
를 고민했다. 홍보 효과를 위해서 한동안은 돈을 받지 않는 것이
낫겠다는 계산이 나왔다. 대형 목장을 만들어 송아지들을 방목하
며 기를 생각이었다. 목장 주변에는 철길을 놓아서 관람객들이 꼬
마 기차를 타고 구경할 수 있도록 만들면 입장료 외에 기차 요금
도 추가로 받을 수 있었다. 꼬마 기차 안에서 오징어나 삶은 계란
을 팔면 수입은 더 오를 것이다. 원숭이나 구관조, 나아가 호랑이
와 코끼리를 기르면 더 많은 관람객을 유치할 수 있지 않을까. 관
람객이 많아지면 숙박 시설도 필요했다. 집을 개조해 민박을 하게
되면 당연히 식당이 필요했다. 토종닭 백숙이나 오리고기처럼 단
가가 높은 메뉴를 팔면 좋겠다. 남자는 좋아서 자꾸만 벌어지는
입을 손가락으로 쓸어 모았다.

어느 날 밤, 아내는 산통을 느꼈다. 오랜 경력을 자랑하는 늙은
산파는 "아아직 멀었어."라고 말했다. 아내는 배가 아파 저녁때부
터 수시로 화장실을 들락거렸다. 산파가 출산할 때가 아니라고 하
니 변의 때문에 배가 아픈 줄 알았다. 남자는 종일 송아지를 돌보
고 관람객들을 상대하느라 고단했던지 수저를 놓자마자 잠에 빠
졌다. 아내는 새벽이 되도록 방과 화장실을 번갈아 다녔다. 변이

항문 중간에 걸려 나오지도 들어가지도 않았다. 아내는 앉지도 눕지도 못했다. 다시금 화장실에 갔다. 진저리를 치며 숨이 넘어갈 듯 힘을 줬다. 미끈거리는 것이 아래서 쑥 빠져나왔다. 시원한 느낌이 들다 말았다. 분명히 변이 나왔는데 아직도 뭔가 끼어 있는 느낌이 들었다. 아내는 엉덩이를 치켜들고 밑을 들여다봤다. 오이처럼 뭔가 삐쭉 튀어나와 있었다. 그것은 아기의 한쪽 다리였다. 다섯 개의 발가락이 꼬물거렸다.

남자는 트렁크 팬티 차림으로 이장 집으로 달렸다. 마을에 있는 단 한 대의 전화기가 이장 집에 있었다. 택시는 쉬이 오지 않았다. 마을 여자들이 아내를 안방에 뉘었다. 구들장이 뜨거워지도록 군불을 땠다. 아내는 진통 때문인지 더위 때문인지 땀을 줄줄 흘렸다. 동쪽 하늘로 먼동이 틀 무렵까지 택시는 오지 않았다. 아내는 정신을 놓고 말았다. 세상에 나온 다섯 개의 발가락은 자신의 무사함을 증명이라도 하듯 연신 꼬물거렸다.

취재하러 온 기자가 남자의 집 사랑채에서 자고 있는 걸 기억해 낸 사람은 아내였다. 동네에서 가장 나이가 많으면서 산파로 활동하던 할머니가 정신 차리라고 냉수 한 대접을 아내의 얼굴에 뿌렸다. 잠시 제정신이 든 아내는 "기자님이 사랑채에 계신데." 하고 다시 정신을 잃었다. 마당을 서성이던 남자는 그제야 자신의 집 사랑방에 기자가 잠들어 있다는 사실을 깨달았다. 그 자리에 있던 모든 사람들이 왜 지금까지 그 사실을 잊고 있었는지 의아했다. 이 북새통에 깨지도 않고 잠만 잔 기자를 다들 나무랐다. 기자의 차를 타고 병원으로 달리던 남자는 뒤늦게 마을에 들어가는 택시를 봤다.

"택시 이제 들어가네요. 전화한 지가 언젠데. 어떻게 제가 사랑채에 있다는 걸 잊어버리셨어요. 하긴 저도 어지간했지요. 그렇게 소란스러운데도 계속 잠만 자고 있었으니. 요즘 지방을 다니느라 잠을 제대로 못 잤거든요. 어제도 광주에서 막 올라오던 길이라서요. 사모님은 좀 어떠세요? 최대한 빨리 달리겠습니다. 정말이지, 나이 드신 분들도 많은데 보통 일이 아니에요. 오늘처럼 급한 환자라도 생기면, 그동안 어떻게 지내셨어요?"

"지금껏 우리 동네에서 택시를 부른 적이 단 한 번도 없었어요."

"그래요?"

기자는 놀랍다는 듯 한동안 말이 없었다. 남자는 가만히 손가락을 아내의 코 밑에 갖다 댔다. 가늘게 온기가 느껴졌다.

"택시 때문에, 이놈의 택시를."

남자는 고개를 숙였다.

"당장 고소하세요. 택시 회사 상대로 소송을 내면 상당한 금액을 보상받을걸요. 단독 특종만 준다면 제가 증인을 서 드릴 수도 있어요."

병원에 도착했을 때 아내는 숨이 끊어진 뒤였다. 제대로 된 마취 의사도 없는 작은 산부인과였다. 위층 살림집에서 의사가 눈곱도 떼지 못하고 내려왔다. 산모가 죽은 걸 확인한 의사는 앞뒤 재지 않고 산모의 배를 갈랐다. 역아에 전치태반이었다. 산부인과를 한 번도 가지 않았던 부부는 아무것도 알지 못했다. 그 동네 여자들이 다 그랬듯 힘 한 번만 주면 아기가 쑥 하고 나올 줄 알았다. 어떻게 아기의 발이 태반을 비집고 밖으로 나올 수 있었는지 의문이었다. 의사는 자궁에서 아기를 꺼내자마자 기도를 확보하고 아기의 엉덩이를 소리가 나도록 때렸다. 아기는 울지 않고 웃었다.

"그나마 다행입니다. 제시간에 병원에 오지 않았다면 아기까지 위험했을 겁니다."

의사는 아기를 포대기로 감싸며 흥분했다. 어려운 상황에서 아기를 건강하게 받아 냈다는 기쁨으로 충만했다. 산부인과 의사가 되기를 잘했다고 생각했다. 옆에 죽은 산모가 누워 있다는 사실은 잊은 지 오래였다.

남자를 차에 태워 산부인과로 옮긴 기자는 바빠졌다. 탱크며 군인이며 피를 흘리며 쓰러진 민간인들의 모습을 찍은 필름이 주머니에 세 통이나 있었다. 기자는 특종이 필요했다. 한마디로 요약하면 돈 되는 기사. 무엇이 돈이 될 것인가? 기자는 마음의 결정을 내렸다. 급하게 사진을 몇 장 찍고 인사도 없이 서울로 돌아갔다.

남자는 아침을 같이 먹으려고 기자를 찾았지만 어디에도 없었다. 그날 저녁 신문 한쪽 귀퉁이에 이런 기사가 났다.

오늘 새벽 P시의 한 개인 산부인과에서 출산이 임박한 산모를 마취도 없이 배를 갈라 사망에 이르게 한 엽기적인 사건이 발생했다. 산모는 그 자리에서 사망하고 아기는 극적으로 살아났다. 아기는 태어나면서 뇌 손상을 입어 울지 않고 웃는 이상행동을 하기도 했다. 해당 산부인과에는 마취의가 없었고 수술 당시 간호사도 따로 없었다. 의사는 아기를 받으면서 가운도 입지 않았고 의료 기구는 소독이 되지 않은 것이었다. 아기의 아버지는 세쌍둥이 송아지 아빠로 유명한 아무개 씨로 하루아침에 아내를 잃고 아기는 장애를 얻게 되자 식음을 전폐하고 있다.

여러 장의 사진이 구도에 맞게 배치되어 있었다. 어설프게 상호를 지운 병원 간판 사진과 아내를 안고 달려가는 남자의 뒷모습, 아기를 목욕시키며 만족한 듯 웃는 의사의 얼굴. 의사의 눈은 모자이크 처리로 검게 일그러졌다. 다음 날부터 유력 일간지와 방송국에서 이 사건을 대서특필했다. 사건을 처음 보도한 기자는 '이달의 훌륭한 보도상'을 받았다.

프리랜서 기자는 남자와 인터뷰를 하기 위해 임산부로 변장했다. B대학병원에 접근할 방법은 그것뿐이었다. 머리카락을 제외한 온몸의 털을 제모하는 데 반나절이 걸렸다. 수염은 일일이 족집게를 이용해 뽑았다. 아내의 브래지어를 입고 그 속에 밀가루 반죽을 넣자 진짜 유방처럼 보였다. 아내가 몇 년 전 입었던 임부복을 옷장 속에서 어렵게 찾아냈다. 복대로 바가지를 고정하고 핑크색 임부복을 입자 진짜 임산부 같았다. 아내는 기자의 얼굴에 화장을 해 주었다. 보라색 아이섀도가 기자를 이지적으로 보이게 했다. 마지막으로 남대문 시장에서 구입한 파마머리 가발을 썼다.

남자는 어디서 나왔는지 알 수 없는 사람들의 엄호를 받으며 아기를 데리고 구급차에 올랐다. 아기는 B대학병원으로 옮겨져 다양한 검사를 받았다. 검사를 한다고 데려간 아기는 저녁이 되도록 신생아실로 돌아오지 않았다. 남자는 신생아실 앞 의자에 앉아 기다렸다.

그 시간, 의사들은 아기의 키와 몸무게를 재고 예방접종을 마쳤다. 아기는 기사에 나온 것처럼 출산 중 머리를 다친 것인지 선천적인 이상을 가졌는지 전혀 울지 않았다. 아기들이란 원래 울음으로 의사소통을 하고 희로애락을 표현하는 법이다. 울지 않는 아기라니, 처음 들어 보는 이야기였다. 의사들은 자신의 눈을 의심했다. 아니, 귀를. 아기는 정말 울지 않았다.

"성대에 문제 있는 거 아냐?"

그 말이 채 끝나기도 전에 아기는 까르륵 소리 내어 웃었다. 성대의 문제는 아니었다.

"역시 머리가 문제야. MRI 찍자."

"미쳤냐? 전신 마취를 시키자고? 태어난 지 이틀 됐어."

"그럼 어떡해? 위에서 뭐가 문제냐고 당장 원인을 밝히라는데."

하양, 고양이 하품하는 소리가 들렸다.

"고양이 하품 소리 들었어?"

아기는 배가 고픈지 입을 오물거리며 옹알이를 하고 있었다. 아기는 간호사에게 맡겨졌다. 간호사들은 아기를 들여다보며 귀엽다고 수선을 떨었다. 의사 손에서 간호사 손으로, 간호사의 손에서 영양사 손을 거쳐, 매점 아르바이트생의 손을 지나쳐, 맹장 수술을 마치고 휠체어에 앉아 있던 아주머니의 품에 안기게 되었다. 아기는 우유도 못 먹고 잠도 못 잤는데 짜증 한번 내지 않고 잘 웃었다. 한동안 아기를 들여다보던 아주머니는 화장실이 가고 싶었다. 주위를 보니 경비가 매점에서 나오고 있었다.

"저기, 애기 좀 안고 있어요. 화장실이 급해서."

아주머니는 아기를 경비에게 맡기고 화장실로 휠체어를 밀었다. 경비는 플라스틱 의자에 앉아 두유를 마시며 아기를 들여다봤다. 신생아답지 않게 인형처럼 예뻤다. 이마에 까만 먼지가 묻어 있었다. 경비는 아기의 이마를 쓱 문질렀다. 먼지는 지워지지 않았다. 침을 묻혀 다시 쓱쓱 문질렀다. 간지러운지 아기는 까르륵 웃었다. 동료가 경비를 찾으러 왔다.

"여태 여기서 뭐 하는 거야?"

짜증이 얼굴에 가득했다. 경비는 빈 두유 병을 쓰레기통에 던져 넣었다.

"아기 때문에."

경비는 동료에게 아기를 넘겼다. 얼굴이 붉으락푸르락하던 동료가 아기를 안았다.

"무슨 애가 이렇게 인형같이 생겼어?"

"귀엽지. 우리 손녀보다 낫다."

시간이 지나도 아기를 맡긴 아주머니는 돌아오지 않았다. 경비는 난감해졌다. 교대 시간이 지난 지 한참 됐다. 고심 끝에 겉옷을 벗어 아기를 잘 감쌌다. 메모지에 몇 자 적어 놓고 아기가 떨어지지 않게 소파에 잘 눕힌 후 자리를 떴다.

단아한 외모의 귀부인이 로비를 가로질러 가는데 어디선가 아기 우는 소리가 들려왔다. 지금껏 한 번도 운 적이 없던 P시의 아기가 시끄럽게 울어 댔다.

"아가야, 울지 말렴."

아기를 안고 어르며 달래자 금세 울음을 그쳤다. 귀부인은 B대학병원에서 전문의로 일하는 남편을 만나고 집에 돌아가는 길이었다.

"애 엄마는 애를 여기 두고 어딜 간 거야?"

그때 메모지가 바닥에 툭 떨어졌다.

'아주머니, 천사 같은 아기 잘 키우세요. 저는 바빠서 이만.'

귀부인은 주위를 두리번거렸다. 아기 엄마처럼 보이는 사람은
없었다.

병원 주변은 수십 명이 넘는 취재진으로 장사진을 이뤘다. 경찰
과 군인들이 입구를 봉쇄했다. 철저한 검문을 통해 병원 출입이
가능했다. 프리랜서 기자는 변장 덕분에 무사히 병원 로비를 통과
했다. 산부인과 병동부터 뒤지기 시작했다. 유력 일간지가 인권을
무시하고 남자의 사진을 무단으로 게재했다. 프리랜서 기자는 일
간지에서 오린 남자 사진을 손에 꼭 쥐고 있었다. 프리랜서 기자
는 신생아실 앞에서 남자를 찾았다. 남자는 이때까지 자기 딸이
사라진 줄 몰랐다. 남자는 의외로 순순히 인터뷰에 응했다.

"제가 인터뷰에 응하는 이유는 한 가지입니다. 우리 아기 받아
주신 의사 선생님은 아무 죄도 없습니다. 어디서부터 뭐가 잘못됐
는지 모르겠지만 그분은 우리 아기 생명의 은인입니다. 의사 선생
님의 누명을 벗겨 주실 수 있으세요?"

프리랜서 기자는 알았다고 대답했다. 프리랜서 기자의 기사가

나가자 산부인과 의사의 죄목이 한 가지 더 늘어났다. 협박죄가 그것이었다.

누가 P시의 산모를 죽음으로 몰았나? 한 방송국에서 사회 각계의 지도층을 모아 놓고 심층 토론을 벌였다. 의사들의 자질 논란으로 시작해 마취과 의사들의 불평등한 대우를 비판하는 소리가 높았다. 산모들이 산부인과 진료를 받지 않으면 구속하는 법을 만들겠다는 국회의원도 있었다. 택시 회사로 항의 전화가 빗발치는 등 사건과 크게 관련이 없는 온갖 의견들이 쏟아져 나왔다.

방송국과 전화 연결된 택시 운전기사가 울먹이며 말했다.

"우리 집이 홀라당 불타 버렸어요. 도로 사정이 좋지 않아 빨리 못 갔을 뿐인데 너무 억울합니다."

산모의 죽음에 택시 기사의 책임이 있다고 생각하는 모종의 세력이 불을 낸 것으로 경찰은 보고 있었다. 불을 낸 세력은 끝까지 잡히지 않았다.

'아기가 곧 미래다' 시민단체 대표는 전국 오지마을 곳곳에 국고로 산부인과를 세워야 한다고 주장했다. 정부에서 전국의 의료소외 지역 열 곳에 산모 우선 경전철을 시범적으로 만들겠다는 계획을 밝혔다. 종교지도자들과 시민단체들은 즉각 환영의 뜻을 밝혔다. 야당에서는 포퓰리즘의 전형이라며 비판의 강도를 높였다.

경전철 주변으로 아파트가 들어선다는 소문이 돌면서 전국 의료 소외 지역의 땅값이 천정부지로 치솟았다.

찬 바람이 불 때쯤 의사는 무혐의로 풀려났지만 두 번 다시 의사로 일하지 못했다. 남자는 B대학병원에서 적잖은 위로금을 받았다. 딸을 B대학병원에서 잃어버렸다는 사실을 발설하지 않는 조건이었다. 정부와 국회는 경전철 공사로 싸움이 끊이지 않았다. 전국의 의료 소외 지역 주민들은 촛불을 들고 거리로 뛰쳐나왔다. 정부에서는 전국의 양초 공장은 물론이고 향초 공장까지 운영을 잠정 중단시켰다.

황미나가 소리쳤다.

"이게 나라고 누가 그래요! 증거 있어요? 증거 있냐고요?"

"그러니까 얘기를 끝까지 듣고 결정하라고 했잖아요."

김 대리가 테이블에 어수선하게 놓여 있던 기사 스크랩을 챙겨 서류 봉투에 넣었다. 옆 테이블에서 식사하던 여자는 남자 친구로 보이는 사람과 싸우다가 눈이 빨개져서 레스토랑을 뛰어나갔다. 여자를 따라 달려 나가는 남자가 일으킨 바람 때문에 미처 정리하지 못한 기사 스크랩 한 장이 황미나를 향해 날아갔다.

'아기 훔치려다 살인한 남자'라는 헤드라인이 눈에 띄었다.

문이 열린 가정집에 침입해 생후 한 달 된 아기를 훔치려던 남자가 저항하던 아기 엄마를 끔찍하게 살해한 사건이 일어났다. 남자는 경찰 조사에서 잃어버린 아기를 찾으려고 이 같은 범행을 저질렀다고 진술했다. 남자는 B대학 병원에서 태어난 지 이틀 된 딸을 잃어버렸다고 주장했지만 사실 여부는 확인되지 않고 있다.

"이 남자 지금 어디 있어요?"

"이제 와 그게 중요할까요."

모근이 살아 있는 머리카락에 불을 붙이며 김 대리가 말했다. 머리카락이 타 버리면 유전자 검사는 하고 싶어도 못 한다. 그 아기가 황미나인지 확인할 길도 영영 사라진다. 황미나는 머리카락을 태우는 김 대리를 적극적으로 말리지 않았다. 가족이 꼭 혈연으로 이루어질 필요는 없다. 낳은 정보다 기른 정이라고 하지 않던가. 황미나의 혈액형은 A형이었다. 그리고 세상의 모든 혈액처럼 붉은색이었다.

모자이크 사람들

홍보 팀 직원들이 회의용 테이블에 모였다. 중요한 회의인 듯 다들 진지한 표정이었다. 물에 젖은 책이 오징어를 말리듯이 사무실에 널려 있었다. 똑, 똑, 똑. 책에서 떨어지는 물소리가 규칙적으로 들렸다.

"팀장님, 우리 회사가 망한다는 게 진짜일까요?"

"오 대리, 우리 회사 그렇게 쉽게 안 망해. 다들 똑똑히 들어. 우리 그룹의 주력 사업은 속옷이야. 전자나 조선, 건설같이 겉만 그럴듯한 게 아니란 말이야. 우리가 잘해야 돼. 이번 식스 팩 보정 속옷 신제품 론칭 행사를 성공적으로 끝내야 한다고. 거기 우리 그룹의 사활이 걸렸어."

"팀장님 말씀이 백번 옳습니다. 오 대리는 되지도 않는 질문을 하고 그래요."

최민희는 입꼬리만 올리고 웃었다. 박종식에게 잘 보이려 짓는 비굴한 웃음이 슬프게 보였다.

"지금 일이 어디까지 진행됐지?"

강지훈이 발표했다.

"일단 이벤트 콘셉트가 정해져야 장소며 모델 섭외 등이 진행되는데, 콘셉트를 잡고 있던 김 대리님이 죽는 바람에 일이 꼬였습니다."

"론칭 행사가 다음 달이야. 이렇게 늦어져서 일이 되겠어."

"걱정 마세요, 팀장님. 그래도 시제품이 잘 나왔어요."

오병수가 마네킹이 입고 있는 속옷을 가리키며 말했다.

"저게 효과가 있어?"

"그럼요. 오 대리님, 보여 주세요."

오병수가 체육복을 훌러덩 벗었다. 박종식은 눈이 휘둥그레졌다. 밤마다 야식과 술을 먹어서 튀어나오고 늘어졌던 오병수의 뱃살이 마술처럼 사라지고 대신 호날두의 복근이 생겼다. 황미나가 레이저 포인트로 식스 팩 보정 속옷으로 만든 복근을 가리키며 말했다.

"입는 순간 초콜릿처럼 여섯 조각으로 분할된 복근이 바로 생기게 됩니다. 무엇보다 속옷이 살구색이라서 자세히 보지 않으면 모른다는 것이 큰 장점이 되겠습니다."

박종식이 크게 기뻐하며 손뼉을 쳤다.

"이거 물건인데. 홍보만 잘하면 히트 치겠어."

"팀장님 말씀이 맞습니다. 남성 식스 팩 보정 속옷이다 보니까,

무엇보다 모델 섭외가 우선이라고 생각합니다. 젊고 남성성이 흘러넘치는, 실력이 검증된 신예들 중에서 뽑은 친구입니다."

황미나는 모델 프로필 사진을 펼쳤다.

"모델치고 키가 작네. 근육도 얼마 없고 말이야. 게다가 너무 어린 거 아냐? 몇 살이야?"

"스물하나입니다."

박종식은 모델이 마음에 안 들었다. 게다가 말은 검증된 신예라지만 포트폴리오가 형편없었다. 팀원들에게 의견을 물었더니 다들 비슷한 의견이었다.

"황 대리, 지난번 회의 때 김 대리가 추천한 모델 있잖아. 키 190에 구릿빛 피부에 배구 선수처럼 몸이 좋았던. 아마 밀라노 컬렉션 경력도 있다고 했던 거 같은데."

황미나는 난처했다. 사실 지금 이 모델은 그녀도 마음에 안 들었다. 박종식 말이 맞았다. 김 대리가 추천한 모델이 훨씬 나았다.

"사실은요."

황미나는 비밀로 묻어 둬야 할 말을 꺼냈다.

"윤 이사님이 추천한 모델이에요."

"윤 이사님이?"

"비밀로 해 달라고 하시더라고요. 팀장님이랑 다른 분들도 못 들은 것으로 해 주세요."

잠시 고민하던 박종식은 쿨하게 넘어갔다. 윤 이사가 내려보낸 낙하산을 자신이 무슨 수로 자르겠는가.

"좋았어. 모델은 그 친구로 가고, 김 대리 대신 지훈 씨가 이벤트 콘셉트 정해. 희진 씨는 초대할 사람들 명단 뽑고 초청장 만들고 전반적인 보조 업무를 맡아."

"팀장님, 저는요?"

최민희는 애처로웠다. 박종식은 대꾸가 없었다.

"과장님은 감독하시면 되잖아요."

오병수가 최민희 편을 들었다. 박종식이 싸늘한 눈으로 오병수를 쳐다봤다. 오병수는 눈을 바로 깔았다.

"다들 서둘러. 사장님께서 론칭 행사에 거는 기대가 크셔."

박종식은 서류를 챙겨 자리를 뜨려고 했다. 오병수와 황미나는 서로 눈짓을 주고받았다. 강지훈과 이희진도 오롯이 눈빛만으로 의견 통일을 이뤘다. 최민희는 혼자 깊은 생각에 빠져들었다. 당장 사표를 쓰고 싶었다. 퇴직을 하면 돈 나올 구멍이 사라지는 거고, 돈이 없으면 홈쇼핑을 못 한다. 홈쇼핑을 못 하게 되면 스트레스를 풀지 못하고, 스트레스 관리가 안 되면 시험관 시술 성공 확률이 낮아진다. 스트레스가 마구 쌓였다. 최민희는 당장 세탁기 속으로 들어가고 싶었다. 사무실에 세탁기 한 대 들여놔야겠다.

"팀장님."

오병수가 평소와 달리 저음으로 박종식을 불렀다. 무엇인지 모르지만 특별한 기운을 느낀 박종식은 다시 자리에 앉았다.

"왜?"

"브리핑이 남았습니다."

"회의 끝났잖나."

최민희는 정신이 돌아왔다. 이 회의의 책임자는 최민희였다. 이번 기회에 박종식 라인에 들어가야겠다. 승진은 바라지도 않는다. 편안하게 직장 생활하면 그것으로 족했다.

최민희가 발표했다.

"지금부터 김 대리 사망 미스터리에 관한 결과 보고가 있겠습니다. 조사는 홍보 팀 팀원들이 직접 했습니다."

"사망 미스터리? 김 대리 죽음에 의혹이 있다는 건가?"

황미나가 참지 못하고 나섰다.

"엄청나게 충격적인 비밀이 있었어요."

오병수와 강지훈도 고개를 끄덕였다.

"최 과장, 어서 브리핑해 봐."

박종식은 의자에 깊숙이 기대 앉았다. 집중해서 듣겠다는 의사 표시였다. 최민희는 오늘 김 대리를 두고 나왔던 의혹을 전부 말하기 시작했다. 교통사고, 미숙아로 태어나 약했던 몸, 직장 내 갑질, 헬리코박터균 치료제와 수면제, 도박 중독과 사채 빚, 사이비 종교

245

집단, 아프리카 도피설까지. 지금부터는 새롭게 나온 증거였다.

"지훈 씨, 시작해요."

강지훈이 자료 화면을 모니터에 띄웠다.

"이 자료는 지훈 씨가 김 대리가 졸업한 대학에 가서 직접 따 온 인터뷰입니다. 사생활 보호 차원에서 얼굴은 모자이크 처리를 했고 음성을 변조한 것을 너그럽게 용서해 주십시오."

편의점 파라솔이 화면에 가득 찼다. 파라솔은 점점 커지더니 기둥이 화면을 가득 채웠다.

"이거 마셔도 되죠?"

여자 목소리가 들리고 곧 알루미늄 캔 뚜껑 따는 소리가 들렸다. 파라솔이 커졌다 작아지기를 수차례 반복했다. 갑자기 화면 가득 잘게 깨진 얼굴이 나타났다.

"얼굴 안 나오죠? 절대 나오면 안 돼요."

"걱정하지 마세요. 모자이크로 뭉개 놓으면 부모님도 못 알아볼걸요. 다만 저희는 진실이 알고 싶은 거예요."

강지훈은 최대한 시간을 들여 여자를 안심시켰다. 일그러진 얼굴 아래에 커다란 글씨가 나타났다.

안○○, 32세, 김 대리와 같은 대학 졸업

"김 대리님과 같은 대학 다녔죠?"

"예. 과는 달랐어요."

여자는 불안한 듯 몸을 가만히 두지 않고 계속 흔들었다.

"김 대리님, 학교 다닐 때 어땠어요?"

"어딜 가나 눈에 띄는 친구였죠. 키 크고 몸 좋지, 얼굴 잘생겼지. 공부까지 잘했어요. 거기다 4학년 때는 총학 일까지 했어요. 학교에서 인기 엄청 많았죠."

"여자 친구도 많았어요?"

"여자들이 많이 쫓아다녔었죠."

"인기가 그렇게 많았으면 불미스러운 일도 있었겠네요?"

"불미스러운 일이라뇨?"

여자가 허리를 곧추세우며 정색을 했다.

"저 이거 안 할래요."

여자가 자리에서 일어났다. 모자이크가 사라지면서 여자의 얼굴이 카메라에 그대로 비쳤다. 여자가 돌아서며 테이블을 쳤고 카메라가 바닥으로 굴러 떨어졌다. 강지훈이 "영선 씨."라고 여자를 부르며 따라가는 소리가 들렸다. 카메라와 조금 떨어진 곳에서 이야기하는 듯 강지훈과 여자의 목소리가 낮게 들리다가 화면이 꺼졌다. 금방 화면이 다시 들어왔다. 여자가 파라솔 의자에 앉았다.

"제가 이런 말 했다고 하시면 안 돼요."

"당연하죠. 100% 비밀 유지됩니다."

"저도 친구한테 전해 들은 얘기라 진짜인진 모르겠어요. 걔가 과 동기랑 사귀었는데 임신했다니까 찼다더라고요. 여자애가 자살 시도를 해서 소문 다 나고 과 전체가 발칵 뒤집혔대요. 근데 걔는 뒤처리도 안 하고 군대 가 버리고. 여자애가 혼자 애를 낳아서 미혼모 시설에 맡겼다는 소문이 있어요."

급하게 편집한 듯 화면은 뜬금없이 여기서 끊겼다.

박종식은 놀라 입이 다물어지지 않았다. 김 대리가 임신한 여자 친구를 버린 파렴치한이라니, 믿기 힘들었다. 최민희는 목소리를 높였다.

"팀장님, 놀라기는 아직 이릅니다. 오 대리도 증인을 만나고 왔습니다."

화면이 모자이크처럼 깨지면서 듣기 싫은 잡음이 흘러나왔다. 음성 조작이 잘못되어 말이 아주 느리게 흘러나왔는데 무슨 말을 하는지 전혀 알아들을 수 없었다. 구름 한 점 없는 파란 하늘이 배경으로 깔렸다. 갑자기 화면이 바뀌었다. 음악과 조명, 소파를 보아 장소는 카페인 듯했다. 모자이크된 얼굴이 화면을 가득 채웠다.

"말씀하세요."

"뭘요?"

"아까 통화할 때 말씀하신 거 그대로 이야기해 주시면 됩니다."

"아까 무슨 말이요?"

오병수는 보험을 들어 줄 듯 말 듯 하는 고객을 만난 영업 사원처럼 짜증이 목구멍까지 차올랐다. 화를 꾹꾹 눌러 목구멍으로 삼키느라 목소리가 다 떨렸다.

"학교 폭력."

남자가 말을 안 하자 참다못한 오병수가 언질을 줬다.

"아, 그거요."

"네. 그거요. 바로 그걸 자세히 설명해 주시면 됩니다."

남자가 말을 쉽게 잇지 못하고 머뭇댔다. 오병수는 빨리 말하라고 보챘다.

"근데요, 주시기로 한 상품권 말이에요. 한 장만 더 주시면 안 돼요? 이게 말을 전하기가 예민한 주제라서요."

"그건 조금 있다가 따로 얘기하고요. 말씀 먼저 하시죠."

결심이 선 듯 남자가 목청을 가다듬었다.

"그 애, 생기부가 뭐 하나 부족한 거 없이 진짜 완벽했거든요. 그럴 만도 한 게, 뭘 해도 잘해요. 공부, 운동, 미술, 음악에 훌라후프까지 잘 돌리더라니까요. 선생님들이 엄청 예뻐했죠."

"공부 잘한다고 학폭을 당한 거였어요?"

"학폭을 당하다니요. 누가요?"

"지금 생기부가 완벽해서 친구들한테 학폭 당했다고 말씀하신 거잖아요."

남자가 손사래를 쳤다.

"아니에요. 뭔가 오해를 하신 거 같은데요. 걔는 학폭을 당한 적이 없어요."

"학폭 피해자가 아니면 학폭 가해자였다는 말이에요?"

"그게 아니고요. 학폭 가해자였다는 소문이 있긴……."

남자가 무슨 말인가 하는 중간에 화면이 급하게 꺼졌다.

박종식이 경기를 하듯 진저리를 쳤다. 놀라서 말이 제대로 안 나왔다. 잠시 후, 박종식은 더듬거리며 겨우 말했다.

"말도 안 돼. 김 대리가 학폭 가해자에 임신한 여자 친구를 버린 게 진짜 맞아? 최 과장, 당신이 책임질 수 있어?"

최민희는 말이 없었다. 하지만 얼굴은 자신감으로 충만했다. 오병수는 양어깨에 힘을 잔뜩 주고 앉아 있었다. '내가 특종을 터트렸어!' 하는 표정이었다. 황미나는 사람들의 반응을 냉정히 살폈다.

"여기서 끝이 아닙니다."

최민희가 말했다. 낮고 차분한 음색이었지만 결기가 있었다. 박종식의 마음을 얻을 기회는 이번이 마지막이었다. 박종식이 최민희를 싫어한다는 이유로 김 대리는 항상 두 사람 사이를 가로막았다. 최민희가 해낸 일도 김 대리가 보고를 하면서 제대로 된 평가를 받지 못했다. 박종식이 두렵다고 언제까지 숨어 지낼 수는 없었다. 김 대리가 사라진 지금 박종식의 오른팔이 되는 것이 최민희의 목표였다. 김 대리만큼 아니, 김 대리보다 더 박종식의 신뢰를 받고 싶었다. 그래서 박종식을 뛰어넘고 임원이 되고야 말리라. 그날이 오면 아기도 생기겠지. 시험관으로 쌍둥이를 낳으면 얼마나 좋을까.

"그래, 이것보다 더 놀랄 일이란 게 뭐야?"

"황 대리, 부탁해요."

최민희가 자리를 비켜 주었다. 황미나가 프린트를 직원들에게 나눠 줬다.

"저는 오늘 팀장님과 교보문고로 책을 주우러 갔다가 화장실에서 김 대리의 찐지인으로 추정되는 여자들이 나누는 충격적인 이야기를 들었습니다. 팀원들이 밝혀낸 다양한 사실들과 화장실에서 제가 직접 들은 이야기를 종합해 내린 결론은 이렇습니다."

황미나는 연휴가 시작된 9월 28일 자 신문 스크랩을 영상으로 띄웠다.

성형 중독 미모의 대기업 남자 직원, 지방 흡입 수술 중 과다 출혈로 사망 황미나는 친절하게도 기사를 또박또박 읽어 내려갔다.

"큰 키에 운동으로 다져진 멋진 몸, 수려한 외모를 가진 대기업 남자 직원이 지방 흡입 수술을 받던 도중 과다 출혈로 사망했다. 남자는 연휴가 시작되던…… 유령 수술을 한 의사는 같은 시각 세 명의 환자를 더 수술하느라…… 수술실 CCTV 설치 이슈가 다시 수면 위로…… 정확한 사인을 규명하기 위해 부검 대기 중이다. 남자는 크리스마스 연휴에 코 성형을 예약해 놓은 것으로 알려졌다. 외모를 가꿔 집안 좋은 전문직 배우자를 만나 인생 역전을 꿈꾸는 남자들이 늘어나며 이 같은 성형 수술 사고가 끊이지 않고 있다. 예쁘지 않은 남자는 사람대접을 못 받는 현실이 바뀌지 않는 이상, 성형 수술을 받다 목숨을 잃는 남자들의 비극은 계속될 수밖에 없다."

남자들의 성형 중독이 심각한 수위라는 내용의 기사가 쏟아져 나왔다.

"김 대리가 뺄 지방이 어디 있어?"

박종식은 처음으로 브리핑 내용에 이의를 제기했다. 최민희가 박종식에게 생수를 건넸다.

"김 대리 복근의 비밀이 바로 지방 흡입이었던 같습니다. 사실 운동만 해서는 그런 복근 못 가지죠. 전문 트레이너도 아니고요."

"음, 그럴지도 모르겠네."

박종식은 최민희의 설명에 바로 설득당했다.

"브리핑 계속하지."

최민희가 이어 발표했다.

"지금까지 밝혀진 사실을 종합해 보겠습니다. 우리가 믿었고 좋아했던 김 대리의 모습은 철저하게 계산된 가짜였습니다. 김 대리의 상사로서 저는 깊은 자괴감이 듭니다. 이 자리를 빌려서 부하 직원을 제대로 관리하지 못한 점 사과드립니다. 하지만 우리가 여기서 배신감만 느낄 것이 아니라 김 대리의 가면을 철저하게 벗겨 내 홍보 팀의 위신을 다시 세워야 한다고 생각합니다. 아직은 이 모든 것이 불분명합니다. 확실한 증거를 잡아서 진실을 명명백백하게 밝혀야겠습니다. 따라서 오늘 퇴근 후 팀원들 모두가 김 대리의 시신이 안치된 병원으로 가 진실을 밝혔으면 합니다. 모두들 저와 함께 진실을 밝히는 데 힘을 쏟아 주시면 감사하겠습니다."

최민희는 흥분으로 목소리가 떨렸다.

"오늘 브리핑은 여기까지입니다."

박수가 크게 터졌다.

"최 과장, 진짜 수고했어."

박종식이 최민희의 어깨를 다독였다. 최민희는 감격해서 눈물까지 흘렸다.

"자네, 능력 있어. 내가 그동안 몰라봤네."

"팀장님, 감사합니다. 충성을 다하겠습니다."

"그래."

박종식은 팀원들을 격려했다.

"퇴근 후에 홍보 팀 전원 뭉친다. 거기서 김 대리에 대한 마지막 한 톨의 의혹까지 밝히자고. 알았지?"

"네, 알겠습니다!"

팀원들이 이구동성으로 외쳤다. 다들 '빼박 증거'를 찾으러 제자리로 돌아갔다.

최민희가 팀원들에게 물었다.

"혹시 홍보 팀 회비 통장 누구한테 있는지 아는 사람?"

"김 대리가 갖고 있었는데요."

"난감하게 됐네. 다 같이 움직이려면 돈이 필요한데."

"김 대리님 서랍에 있지 않을까요?"

김 대리의 책상으로 직원들이 모여들었다. 서랍은 텅 비어 있었다. 볼펜 한 자루 나오지 않았다. 책상 가운데 서랍은 잠겨 있었다. 팀원들은 잠겨 있는 서랍에 회비 통장을 비롯해 중요한 물건들이 있을 거라 예상했다. 직원들이 돌아가면서 서랍을 열려고 했지만 실패했다. 결국 열쇠 수리공을 불렀다. 열쇠 수리공은 만능 키로 힘들이지 않고 서랍을 열었다. 서랍 속에는 선물 포장할 때 바닥에 까는 노란색 한지 조각이 가득 들어 있었다. 통장은 나오지 않았다.

"오만 원입니다."

열쇠 수리공이 말했다. 돈을 내려는 사람이 아무도 없었다. 서로 눈치를 살폈다. 열쇠 수리공이 수리비를 달라고 보챘다. 박종식을 제외한 팀원들이 만 원씩 걷었다. 다음은 부의금을 모을 차례였다.

"십만 원은 해야지."

최민희가 말했다.

"적지 않아요?"

이희진이 고개를 갸웃거렸다.

"많은 거 같아요."

황미나가 톡 쐈다.

"합쳐서 십만 원이라는 거예요, 개인적으로 십만 원이라는 거예요?"

오병수가 물었다.

"개인적으로지."

최민희의 말에 강지훈이 대번에 반발했다.

"너무 많아요."

황미나도 따라나섰다.

"부담돼요."

오병수가 앓는 소리를 냈다.

"저는 오만 원도 힘들어요."

최민희는 난감해했다.

"오만 원은 욕먹지."

어느새 팀장실에서 나온 박종식이 팀원들 사이에 섞여 들었다.

"최 과장, 내가 정해 줄게. 이게 국룰이야. 안 친한 사람은 삼만 원, 친한 사람은 오만 원, 엄청 친한 사람은 십만 원이야."

"팀장님, 그럼 저희는 십만 원을 내는 게 맞잖아요."

"최 과장, 김 대리랑 엄청 친했어?"

뒤늦게 분위기를 파악한 최민희가 멋쩍게 웃었다.

"팀장님 말씀이 맞습니다. 국룰로 하면 저흰 삼만 원이죠. 다들 이의 없죠?"

"삼만 원도 많아요."

황미나였다.

"방금 전에 만 원씩 걷어서 열쇠 수리공한테 줬잖아요. 이만 원이면 족할 거 같아요."

"이만 원 좋습니다."

강지훈이 딱 부러지게 말했다. 박종식이 나섰다.

"가만히 생각해 보면 이건 부의금의 문제가 아니지 싶어."

"그러면요?"

"김 대리가 홍보 팀 통장을 통째로 먹었잖아."

"그랬죠."

"우리가 김 대리한테 줄 게 아니라 받아 내야지."

"죽어 버린 사람한테 어떻게 돈을 받아 내요?"

"돈을 받을 순 없겠지."

팀원들은 의아한 얼굴로 박종식의 입을 쳐다봤다.

"부의금 내지 마. 그리고 장례식장 가서 육개장 두 그릇씩 먹고 맥주랑 음료수 배 터질 때까지 먹자고. 회비 돌려받긴 글렀는데 이렇게라도 챙겨야지."

"팀장님 말씀이 맞아요."

"정말 대단하세요."

오병수는 아까부터 뭐 마려운 강아지처럼 안절부절못했다.

"오 대리님, 왜 그래요? 급하면 화장실에 가요."

"그게 아니라, 사실은, 김 대리가 연휴 끝나면 갚는다고 해서 십만 원 빌려줬거든."

오병수가 볼멘소리를 했다.

최민희는 콧방귀를 뀌었다. 말을 못 해서 그렇지 최민희도 김 대리한테 받을 돈이 있었다. 홈쇼핑에서 구입한 물건을 반으로 나누면서 비용도 반으로 부담했는데 대부분의 물건을 카드 무이자

할부로 구입한 것이 문제였다. 매달 김 대리한테 받을 돈이 정확히 얼마인지 계산도 되지 않았다. 추석 연휴 직전에 산 고등어 세트도 계산에 새로 넣어야 했다. 최민희는 계산기를 꺼내 들었다. 벌써부터 머리가 지끈거렸다.

박종식은 전세 사기를 당하고 나서 김 대리와 퇴근 후 매일 만나다시피 했다. 마누라도 처가에 가고 의논할 사람이 없었다. 박종식이 만날 사람은 이웃사촌인 김 대리뿐이었다. 만날 때마다 밥과 술을 샀다. 못해도 하루에 오만 원은 썼다. 많이 쓸 때는 십만 원도 썼다. 그 돈을 모았으면 당장 고시원 아니 오피스텔도 얻을 수 있을 텐데. 형수 보기 부끄러워서 더는 형네 있기도 어려운데 정말 큰일이었다.

황미나는 이력서를 찾으러 갔다가 다친 발가락을 살짝 만졌다. 여전히 아팠다. 커피를 내리다가 긁힌 부분은 쓰라렸다. 웹소설 『데뷔 못 하면 두드러기 나는 아이돌』굿즈 구해 준다고 사십만 원을 받아 간 게 언젠데 아직 감감무소식이다. 김 대리가 죽었으니 사십만 원을 고스란히 날렸다. 돈도 아깝지만 그보다 더 속상한 건 품절된 굿즈를 구할 수 있다는 희망이 사라진 것이다.

강지훈은 배신감에 치가 떨렸다. 그동안 김 대리 대신 써 준 보고서만 해도 얼마인가. 강지훈이 제대로 된 기획안을 못 내놓는 것은 능력이 없어서가 아니었다. 조공을 바치듯 기획안을 김 대리에게 줬기 때문이었다. 물론 김 대리가 시켜서 한 일은 아니었다. 강지훈이 좋아서 한 일이었다. 상뻬 일을 도와준 것도 있지만, 김 대리를 인간적으로 좋아했다. 김 대리가 이렇게 형편없는 인간일 줄은 꿈에도 몰랐다. 강지훈은 광화문 광장에 내려가서 다시 물대포를 맞고 싶었다. 정신이 번쩍 들도록 말이다.

사무실 여기저기서 카톡 소리가 났다. 팀원들은 동시에 핸드폰을 들었다.

"집회에 참여한 시민이 죽었대요."

"저도 카톡 왔어요."

"이런 건 도대체 누가 보내는 거예요?"

"유월 항쟁 때에 비하면 이건 집회도 아니야. 그때 내가 이십 대였는데 최루탄 맞고 눈물 콧물 흘리면서도 물러서지 않았잖아."

팀원들은 박종식의 입을 막고 싶었다.

"우리도 집회에 나가야 하는 거 아니에요?"

강지훈의 말에 팀원들이 모든 동작을 멈췄다. 팀원들이 뭔가를 깊게 생각하는 것은 실로 오랜만이었다.

"화장 번져서 싫어요."

"시험관 시술 하려면 몸 관리를 해야 해서요. 전 어렵겠어요."

"나는 오십견이 와서 팔을 잘 못 쓰잖아. 피켓 못 들어."

"다들 아시다시피 저는 너무 작아서 시위대에 밟히고 말 거예요."

"오전에 물대포 맞은 곳이 아직 얼얼해서 저도 어렵겠어요."

이희진이 물었다.

"그런데 시민은 왜 죽었어요?"

"시위대에 깔려 죽었다고 들었어요."

"물을 너무 마셔서 체내 염분 농도가 떨어져서 죽었다는데요."

"아니에요. 경찰이 휘두른 방패를 맞고 그렇게 됐대요."

귀청이 나갈 것처럼 사무실이 시끄러워졌다. 팀원들은 다른 사람의 말은 들을 생각은 안 하고 자신의 의견만 내세웠다.

"어, 어, 어."

강지훈은 입이 떨어지지 않았다. SNS에서 '집회 의인'이라는 사람의 사진이 무한 리트윗되고 있었다. 연휴 첫날부터 시작된 릴레이 집회에 참석 중이던 직장인이 강풍에 떨어진 간판을 머리에 맞고 병원에서 치료 중 사망했다는 내용이었다. 직장인은 간판이 어린이의 머리로 떨어지자 큰 키를 이용해 온몸으로 막아섰다고 한다. 다행히 어린이는 무사했다. 어린이의 부모는 물대포가 고의로 간판을 떨어트렸다며 강력하게 반발했고, 이 소식을 들은 시민들이 광화문으로 집결하고 있다는 내용이었다.

"집회 의인, 누구 닮지 않았어요?"

"누굴 닮았는데요?"

"혹시."

오병수가 머리를 긁적였다.

"김 대리는 아니겠죠?"

"설마."

박종식은 강지훈의 핸드폰을 잡아챘다. 팀원들은 사진을 보려고 머리를 들이밀다가 부딪치고 난리도 아니었다.

"이 사람, 김 대리 맞아요."

"뭐야. 김 대리가 간판에 맞아서 죽은 거야?"

박종식은 책상을 치며 슬퍼했다. 최민희는 연휴 때 허투루 읽었던 집회 도중 사망 기사의 주인공이 김 대리라고는 꿈에도 생각지 못했다. 황미나는 김 대리를 실컷 비하한 것이 민망해서 조용히 있었다. 강지훈은 김 대리를 따라서 집회에 나가지 않은 것을 후회했다. 오병수는 상황이 어떻게 흘러가는지 따라가지 못했다. 집회 의인은 SNS상에서 스타가 되어 있었다. 강지훈이 집회 의인의 신상을 올렸다. 신상을 올리자마자 리트윗되었다. 팀원들은 다들 언제 그를 몹쓸 사람으로 몰았냐는 듯이 김 대리를 찬양하느라 입이 말랐다. 이희진은 SNS에 떠도는 글보다 지금껏 팀원들이 모은 증거가 더 신빙성이 있다고 믿었다. 김 대리의 진실은 꼭 홍보 팀에서 밝혀내야 했다.

그때 어디선가 나비 한 마리가 날아왔다.

"잠깐!"

박종식이 외쳤다. 일시에 사무실이 조용해졌다.

"나비가 어디서 들어왔어?"

창문은 잠겨 있었고 사무실의 자동문은 버튼을 누르지 않는 이상 열리지 않았다. 이희진이 자리에서 벌떡 일어났다.

"저 나비는!"

황미나가 소리쳤다.

"김 대리 주방에 있었던 그 나비예요!"

"희진 씨, 황 대리, 도대체 무슨 소리들 하는 거야?"

"팀장님, 김 대리가 주방에서 나비를 기르고 있었어요."

"뭐?"

"주방에서 커피를 끓이는 게 아니었다고요."

이희진은 대화에 끼어들고 싶었지만 타이밍을 잡기가 어려웠다. 어디선가 나비가 한 마리 또 들어왔다. 나비가 어디에서 들어오는지 알 수 없었다. 마술사가 나비가 나타나는 마술을 시연하는 듯했다. 두 마리의 나비는 곧 네 마리가 되었고, 여덟 마리, 열여섯 마리로 기하급수적으로 늘어 갔다. 사무실이 어느새 흰 나비 떼로 가득했다. 사무실에 폭설이 내리는 것 같았다. 이희진이 소리쳤다.

"커피 가루에 있던 애벌레들이 다 나비가 되었나 봐요."

황미나는 공포 영화를 볼 때처럼 비명을 질러 댔다.

"일단 잡죠."

강지훈의 말이 떨어지기 무섭게 팀원들은 나비를 잡기 시작했다. 빗자루를 휘두르는 사람, 넥타이를 풀어서 흔드는 사람, 슬리퍼로 때리는 사람, 맨손으로 잡는 사람, 지포 라이터를 꺼내는 사람도 있었다. 나비를 피해 몸을 숨기던 황미나도 어쩔 수 없이 나비를 잡기 시작했다. 좁은 사무실 안에서 나비를 피할 곳이 없었던 것이다. 직원들은 나비를 빠르게 잡아 갔다. 마지막 나비 한 마리가 날쌔게 날아다녔다. 나비가 아니라 참새라도 된 것처럼 재빠르게 직원들의 손을 빠져나갔다.

　"무슨 나비가 저렇게 빨라."

　"혹시 새 아닐까요?"

　"일단 잡아."

　여섯 명의 직원이 나비 한 마리를 향해 덤벼들었다. 최민희가 천장으로 솟구치는 나비를 향해 책을 던졌다. 하드커버로 된 국어대사전이었다. 나비는 국어대사전 밑에 깔렸다. 팀원들은 마지막 나비를 잡은 것이 무척 기뻤다. 대단히 중요한 일을 성취한 듯했다. 그중에서도 박종식이 가장 기뻐했다. 박종식이 최민희를 칭찬하고 치켜세운 건 두말할 나위도 없었다.

　팀원들은 쓰레기통에 수북하게 쌓인 나비를 어떻게 처리할 것이냐를 두고 의견을 나눴다. 잠깐이라도 사무실에 죽은 나비를 둘 수 없다는 것이 다수의 의견이었다. 강지훈이 창문을 열고 쓰레기통을 뒤집어 죽은 나비를 버렸다. 나비는 광화문 광장을 향해 떨어졌다. 집회는 여전히 한창이었다. 사람들은 상어 보트 위에서 집회 의인을 연호하면서 거세게 저항했다. 물대포가 상어 보트를 따라가며 물을 뿌려 댔다. 서서히 떨어지던 나비들이 갑자기 날아올랐다. 한 마리도 빠지지 않고 모든 나비들이 다시 살아나 광화문 광장을 향해 날아갔다. 집회에 참가한 시민들에게 물대포를 쏘는 경찰을 향해서 나비 떼는 빠르게 날아갔다. 광화문 광장에 모여 있던 모든 사람들이 하던 일을 멈추고 갑자기 나타난 나비 떼를 정신없이 쳐다보았다.

"지훈 씨, 어떻게 한 거예요?"

"다시 봤어, 지훈 씨. 연기를 했다더니 마술사였어?"

"정말 멋있어요."

"또 해 봐요."

황미나는 크리넥스 티슈를 뭉쳐서 강지훈에게 건넸다.

"제가 그런 거 아니에요."

제일 놀란 강지훈은 목소리까지 떨렸다. 나비가 죽지 않아서 다행이라는 생각이 뒤늦게 들었다.

미스터리 드림 팀 출격

　팀원들은 퇴근 준비로 바빴다. 홍보 팀 전원은 여섯 시 정각에 퇴근해 광화문 광장으로 가기로 했다. 그곳에서 확실한 물증을 잡기로 한 것이다. 엘리베이터에서 내려서 오 분만 걸어가면 되는 가까운 거리라는 것이 좋았다.

　황미나는 거울을 들여다보며 혼잣말을 했다.

　'오늘은 정말 이상한 일 천지야. 피곤해. 일 년은 늙은 기분이야.'

　황미나는 얼굴에 생기가 돌게 레드 립스틱을 꼼꼼히 발랐다.

　"희진 씨, 발포 비타민 한 잔만 타 줘. 이상하게 기력이 딸려."

　그렇게 외친 박종식이 사방이 통유리로 된 팀장실로 돌아갔다. 박종식은 팀장실로 들어가면서 이곳이 감옥이 아닐까, 생각했다. 교도관들의 집중적인 감시를 받고 있는 특수 감옥 말이다. 팀원들이 밖에서 박종식의 일거수일투족을 지켜보고 있었다.

　최민희는 개비스콘을 짜 먹고 배를 주물렀다. 개수대에 쌓여 있는 설거지 그릇들, 빨래 바구니의 세탁물들, 먼지처럼 덩어리진 채 거실 바닥을 굴러다니는 머리카락이 눈에 밟혔다. 오늘 밤도 편하게 잠들기는 어려울 듯했다. 세탁기에 들어가 있지, 뭐. 최민희는 책상에 엎드렸다. 잠시라도 눈을 붙여 놓는 게 좋을 듯했다. 눈이 시리다 못해 아렸다.

오병수는 서랍에서 초콜릿을 꺼내 먹었다. 갑자기 허기가 졌다. 그리고 보니 점심시간에 수다를 떠느라 밥을 거의 못 먹었다. 오병수는 집에서 기다리고 있을 노모에게 전화를 걸어서 오늘 저녁은 혼자 드시라고 단단히 일러두었다.

"희진 씨, 준비 안 해요?"

박종식에게 비타민을 챙겨 주고 나오는 이희진에게 강지훈이 먼저 말을 걸었다.

"무슨 준비요?"

"증거를 잡을 준비요. 늦는다고 집에 전화를 하거나, 배를 미리 채워 둔다거나 하는 거요. 전 카메라를 챙겼어요."

강지훈은 렌즈가 여러 개인 카메라를 챙겼다. 배터리가 방전되지는 않았는지, 렌즈에 지문이 묻지는 않았는지, 고장 난 곳은 없는지 살폈다. 강지훈이 자리로 돌아가고 이희진은 자신의 치마를 가만히 내려다보았다. 종아리를 덮는 롱스커트가 둔하고 답답해 보였다. 이희진은 과감하게 스커트를 싹둑 잘랐다. 롱스커트는 순식간에 미니스커트로 변했다. 걷기가 사뭇 편했다.

어느새 퇴근 시간이 다가왔다.

"미스터리 드림 팀 출동 준비는 다 됐어?"

"예."

팀원들이 합창했다.

"타 부서 직원들도 갈 모양이던데요."

오병수가 말했다.

"청소 아줌마들이랑 경비 아저씨들도 갈 태세예요."

"김 대리님이 집회 의인이라는 확실한 물증이 필요해요."

강지훈이 말했다.

"다른 건 몰라도 김 대리 미스터리는 홍보 팀이 풀어야 해. 절대 다른 부서가 해결하게 돼서는 안 돼."

최민희가 외쳤다.

"시간이 얼마 안 남았습니다."

SNS를 보던 강지훈의 입에서 비명이 터져 나왔다. 헐크로 변하기 직전처럼 강지훈의 얼굴 근육이 심하게 요동쳤다. 직원들은 강지훈의 얼굴을 보고 심각한 일이라는 걸 알았다.

"지훈 씨, 무슨 일이에요?"

"김 대리 일이에요?"

팀원들은 궁금해서 벌 떼처럼 몰려들었다.

"H호텔에 불이 났대요. 그런데 여기 좀 보세요. 불을 피해서 테라스에 나와 있는 이 남자, 누구 닮지 않았어요?"

"어? 그 사람, 우리가 오후에 메인 모델로 낙점한 모델이잖아."

"맞아요, 팀장님. 그 옆에 있는 여자 자세히 보세요."

"어디서 많이 보던 옆모습인데요."

생각이 날 듯 말 듯 했다. 오병수는 뒷머리를 긁적였다.

"몸매랑 헤어스타일이 윤 이사님랑 닮지 않았어요?"

강지훈의 말을 듣는 순간, 팀원들에게 사진 속의 여자는 윤 이사가 되었다. 팀원들은 충격으로 말을 잃었다. 사내 전체가 이 사건으로 들썩였다. 김 대리 사망 미스터리 따위는 이미 잊혔다.

박종식은 팀원들에게 지시했다.

"H호텔 사건 현장에 우리가 제일 먼저 도착한다. 알겠지?"

"네."

군인들처럼 대답이 딱 맞았다.

"시간 얼마나 남았나?"

"퇴근 시간 삼 분 전입니다."

"다들 준비해. 정각 땡 하면 바로 튀어 나간다."

"지훈 씨, 카메라 잘 챙겨요. 우리 팀의 활약상을 사진으로 남겨야죠."

이희진이 강지훈에게 물었다.

"어디로 간다는 거예요?"

"당연히 H호텔로 가야죠."

"김 대리님은요?"

강지훈은 이희진의 질문에 답이 없었다. SNS를 보느라 정신이 없었다.

"확실히 준비들 해."

"걱정 마십시오, 팀장님."

이희진이 황미나에게 다가가 조용히 물었다.

"대리님, 김 대리님의 진실은 어떻게 되는 거예요?"

"지금 김 대리가 문제예요? 윤 이사님이 젊은 모델이랑 바람이 났는데요."

"오 대리님, 김 대리님 미스터리 궁금하지 않아요? 김 대리님은 의인일까요? 아니면 거짓말쟁이일까요?"

"그게 지금 무슨 상관이에요. 희진 씨, 저리 좀 비켜 줄래요? 내가 좀 바빠서요."

강지훈이 벽시계를 보고 외쳤다.

"카운트다운 들어갑니다."

다들 벽시계를 뚫어지게 노려봤다. 여섯 시가 되기 십 초 전이었다.

"김 대리님은 어떻게 되는 거냐고요."

이희진의 말에 대답하는 팀원은 아무도 없었다.

"십, 구, 팔, 칠, 육, 오, 사, 삼, 이, 일, 땡!"

"출동!"

박종식의 외침과 동시에 이희진을 제외한 팀원들이 일시에 의자를 박차고 일어났다. 다들 영화의 한 장면처럼 멋있게 걸어 나갔다. 카메라를 챙기고 노트북을 껴안은 엄청난 무리의 사람들이 복도로 쏟아져 나왔다. 엘리베이터는 금세 만원을 알리는 경보음이 울렸다. 홍보 팀 팀원들은 비상계단을 향해 달렸다. 사람들은 약 맞은 바퀴벌레같이 로비로 몰려나왔다. 많은 사람이 한꺼번에 회전문으로 몰려들면서 넘어지는 사람, 끼는 사람, 밟히는 사람이 속출했다. 모두들 먼저 가겠다고 아우성이었다. 회전문을 통과한 사람들은 누가 먼저랄 것도 없이 뛰기 시작했다.

작가의 말

　나는 작가가 되기까지의 시간이 유달리 더뎠다. 8년의 습작기를 거쳐 등단했고 장편 공모전 당선까지 다시 8년이 걸렸다. 넥서스 경장편 작가상은 1회부터 투고해 2회 때는 최종심에 올랐고 3회 때 비로소 대상의 영광을 안았다. 한순간도 열심히 쓰지 않은 적이 없다. 내게 재능이 있다면 꾸준한 것, 그것뿐이다.

　『김 대리가 죽었대』는 여러 번 고쳐 썼다. 그만큼 고민이 많았다. 소설은 현시대를 담는 거울이라 생각한다. 그래서 소설을 쓸 때 당대 어젠다를 주로 다뤘다. 루머와 가짜 뉴스가 판치고 이슈가 이슈를 덮는 현 세태를, 각자의 방식으로 치열하게 살아가는 현대인의 이야기를 『김 대리가 죽었대』에 녹여 내고 싶었다. 김 대리는 누구인가. 실존하는 사람이 맞긴 한 것일까. 김 대리가 누구인지 다양하게 해석될 여지를 남기려 노력했다. 아마 각자 생각하는 김 대리는 모두 다르지 않을까. 내가 쓴 소설에는 해답이 없다. 해답이 있었다면 쓰지도 않았을 것이다. 지금까지 그랬던 것처럼 앞으로도 질문하는 소설을 꾸준히 쓰고 싶다.

추천의 말을 써 준 김유담, 최승필 작가님께 고맙다는 인사를 드린다. 문우로, 때론 조언자로 언제까지나 곁에 남아 주길 바란다. 강영숙 선생님, 윤영수 선생님, 해이수 선생님께 감사드린다. 선생님들이 계시지 않았다면 오늘의 나는 없었을 거다. 다시금 작가로 활동할 기회를 주신 넥서스 관계자분들과 심사위원님들께 감사드린다. 가족들에게도 고마움을 전한다.

한낮 거리에서 울어 본 적이 있는가. 나만 소외되고 나만 불행한 줄 알았다. 침묵하는 연습, 혼자 있는 연습, 상처받지 않은 척 무심한 얼굴을 자주 연습한다. 그만 써야지, 뒤돌아서며 수치심과 비굴함에 진저리를 친다. 쓰고, 쓰고 또 써서 마침내 더는 쓸 게 없어지면 포기가 될까. 다 잃은 줄 알았는데 아니다. 단 한 번의 '호명'에 모든 시름이 잊힌다. 소설을 쓰길 잘했다.

2023년 여름
서경희